Herz außer Takt

Herz außer Takt

Maggie Uhmann

Die Deutsche Nationalbibliothek verzeichnet diese Publikation in der Deutschen Nationalbibliografie; detaillierte bibliografische Daten sind im Internet über dnb.dnb.de abrufbar.

Maggie Uhmann

c/o skriptspektor e. U.

Robert-Preußler-Straße 13 / TOP 1

5020 Salzburg

AT-Österreich

E-Mail: maggie@uhmann.at

Lektorat: Katharina Strzoda / lektorat-lieblingswort.de

Korrektorat: Eileen Altas / korrektoratia@web.de

Cover-/Umschlaggestaltung: Buchgewand Coverdesign | www.buch-gewand.de unter Verwendung von Motiven von stock.adobe.com: ©jenteva, ©sunward5, ©dervish15, ©Loveleen depositphotos.com: ©valentinar, ©ronedale, ©Elymas, ©alanuster

Herstellung und Verlag: BoD – Books on Demand, Norderstedt

ISBN: 9783752604597

Für Gerti und Roland

Inhaltsverzeichnis

1 Hummelflug

Seit dem Aufstehen ging mir »Der Hummelflug« von Korsakow nicht mehr aus dem Kopf und meine Finger klopften wie von selbst den wilden Rhythmus auf den Frühstückstresen. 720 Sechzehntelnoten in einer Minute, 12 Töne pro Sekunde, das war praktisch unmöglich zu schaffen.

Das Läuten meines Mobiltelefons ließ meine Gedankenblase platzen. Es war Claudia, die heute Nacht bei ihrer Trauzeugin übernachtet hatte.

»Malyschka, Liebling!«, rief ich ihren russischen Kosenamen.

»Guten Morgen, Danilo. Ist alles okay bei dir?«, fragte sie.

»Aber sicher!«

»Hast du deine Fliege bereitgelegt?«

»Ja, klar.«

»Ach ja? Dann sag mir doch, wo sie liegt?«

»Na ... im ...«

»Siehst du«, unterbrach sie mich. »Du weißt es nicht. Heißt das, in dir brodelt wieder was? Danilo, du wirst doch nicht im Entferntesten daran denken, mich heute sitzen zu lassen?«

Ich verdrängte mit aller Macht die Melodie des Hummelflugs aus meinem Kopf und überlegte, ob die Fliege im Anzugbügel gehangen hatte, als Anton ihn mir gestern überreicht hatte. Richtig sicher war ich mir nicht.

»Claudia, nichts kann mich aufhalten und in ungefähr zwei Stunden werde ich der glücklichste Mann auf der Erde sein, sofern du im richtigen Moment ›Ja‹ sagst. Und ich habe gerade mit der Blumenhandlung telefoniert. Die Gestecke sind in Kürze unterwegs zum Rathaus, genauso wie ich.«

Ich hörte, wie Claudia am anderen Ende der Leitung durchatmete. »Entschuldige, Schatz. Dieser Tag zerrt wie ein Thriller an meinen Nerven. Ich habe heute Nacht schon wieder vom Schiff geträumt. Verzweifelt habe ich auf allen Decks nach dir gesucht, bin im Gewirr der vielen Gänge immer nur im Kreis gelaufen und konnte dich nirgends finden«, sagte Claudia.

»Liebling, sorge dich nicht! Das wird der schönste Tag in unserem Leben!«, sagte ich rasch. Bei der Erwähnung des Schiffes war ich wie von einer Hummel gestochen aufgesprungen.

»Ja, du hast ja recht. Ich werde versuchen mir weniger Sorgen zu machen und den Tag zu genießen!«, sagte Claudia.

»Das einzige, was mich heute ins Wanken bringt, wird dein atemberaubender Anblick im Brautkleid sein«, antwortete ich beschwichtigend und ging dabei im Raum auf und ab.

Ich konnte ihren Gesichtsausdruck direkt vor mir sehen, wie er von einer Sekunde auf die andere von ernst auf heiter umsprang. Claudia war ein überaus fröhlicher Mensch.

»Danke, Danilo. Eines noch: Falls doch etwas Unvorhergesehenes passieren sollte, dann lies den Brief, den ich dir in die linke innere Anzugtasche gesteckt habe. Er ist für Notfälle gedacht«

»Das ist so lieb von dir. Ich freue mich sehr auf dich.«

»Und ich mich auf dich, Schatz.«

Ich legte auf, nahm mir sogleich meinen Hochzeitsanzug zur Hand und erfühlte in der Innentasche des Sakkos den Brief. Es war nicht schlecht, so eine kleine Rückversicherung zu haben. Ich atmete mehrmals tief ein und aus, um die Unruhe loszuwerden, die unaufhaltsam in mir aufstieg wie Quecksilber im Fieberthermometer.

Da läutete es an der Tür, es war mein Zwillingsbruder Nikolaj. Er war erst am Vortag von St. Petersburg nach Wien gereist. Erfreut über den unerwarteten Besuch umarmte ich ihn.

»Warum bist du so überrascht? Ich sollte dir doch die dunkelgraue Fliege vorbeibringen. Hast du das schon wieder vergessen?«, fragte er.

Ich nahm sie entgegen und legte sie auf einem Stapel Zeitungen ab, der im Vorraum auf seine Entsorgung wartete.

»Komm rein«, sagte ich und wir gingen ins Wohnzimmer.

»Ist alles in Ordnung mit dir? Du wirkst so … aufgewühlt.«

»Jaja, alles bestens. Ich bin nur ein wenig angespannt, das ist alles.«

Er zauberte einen Flachmann aus seiner Jackentasche hervor. »Das hab ich mir schon gedacht und das Gegenmittel mitgebracht. Nastrovje, auf dich, mein Bruder.« Wir tranken jeder einen ordentlichen Schluck Wodka.

Dass Nikolaj hier war, tat mir gut. Ich atmete weiter tief ein und aus. Doch als das Telefon erneut schrillte, zuckte ich vor Schreck so heftig zusammen, dass ich beinahe von der Couch gefallen wäre.

»Anton schon wieder. Nein, ich kann jetzt nicht mit ihm sprechen«, sagte ich und ließ es klingeln.

Nikolaj beobachtete mich kritisch und sagte: »Raus mit der Sprache, was ist los? Du wirkst so erfreut, als würde gleich der Gerichtsvollzieher kommen. Solltest du an deinem Hochzeitstag nicht glücklich aussehen?«

Meinem Bruder konnte ich einfach nichts vormachen. »Ach, Nikolaj, es ist diese Hochzeit. Allein der Gedanke, verheiratet zu sein, verursacht in mir Panik. Siehst du, wenn ich das Wort ›Ehe‹ nur ausspreche, verschlägt es mir den Atem und meine Kehle verengt sich.« Ich griff mir zur Unterstreichung meiner Worte mit beiden Händen an den Hals und schnaufte wie nach einem Hundertmeterlauf. »Ja, lach nur, aber wenn ich ›Hochzeitstorte‹ oder ›Ehering‹ nur höre, wird mir schlichtweg übel. Mein Herz beginnt zu rasen und mir bleibt die Luft weg. Ich hätte meine Sitzungen damals ernster nehmen sollen, als ich beim Psychologen war«

Nikolaj nickte zustimmend. »Warum hast du Claudia dann überhaupt einen Heiratsantrag gemacht?«, fragte er.

»Genau genommen war es die Schuld von Elena, meiner zukünftigen Schwiegermutter. Ich habe dir doch erzählt, dass sie mich nicht leiden kann.«

»Wieso eigentlich?«

»Als Claudia und ich zusammenkamen, gab es ein paar kleine Missverständnisse und dumme Zufälle sowie die Sache mit dem Schiff, du weißt schon …«

»Oh, ja, natürlich.«

»Claudia hat mir diese Verwirrungen längst vergeben und erkannt, dass ich absolut unschuldig war, aber Elena nicht.

Und genau genommen war der Heiratsantrag, den ich Claudia vor sechs Monaten gemacht habe, eine Trotzreaktion auf Elena. Wir waren damals mit Claudias Eltern zum Mittagessen verabredet, denn sie versucht nach wie vor unermüdlich ein gutes Verhältnis zwischen uns herzustellen. Bei dem damaligen Treffen stichelte Elena wie immer zuerst gegen mich und dann redete sie, ohne Luft zu holen, wie ein aufgestauter Wasserfall. Sogar ihrem schwerhörigen Mann Heinrich war es schon zu viel, so leidend schaute er mich an.«

Nikolaj konnte ein Grinsen nicht unterdrücken und ich ging ruhelos im Raum auf und ab, währenddessen ich weiter erzählte:

»Irgendwann hörte ich bei dem ganzen ›Blabla‹ gar nicht mehr zu. Es war eine Tortur. Nach gefühlten zwei Stunden ohne Unterbrechung erzählte sie davon, dass die Tochter ihrer Cousine heiraten würde, wie uninteressant. Hellhörig wurde ich erst, als sie in ihrer miesepetrigen Art sagte, dass sie nicht erwarte, dass ich Claudia jemals einen Heiratsantrag machen würde. Und Claudia sei ja jetzt immerhin schon dreißig Jahre alt. So als würden wir gar nicht am Tisch sitzen.« Als ich mir die Szene in Erinnerung rief, regte ich mich gleich wieder darüber auf. Ich musste tief durchatmen.

»Da brannten bei mir die Sicherungen durch. Und weil ich schon etwas passiv-aggressiv von dem vorangegangenen Vortrag gestimmt war, sagte ich leichtfertig, dass sie sich in diesem Punkt gewaltig irrte. Als Elena mich erstaunt ansah und endlich keinen Ton mehr sagte, setzte ich, ohne viel nachzudenken, noch eins drauf, nahm Claudias Hand und fragte sie, ob sie meine Frau werden wolle.« Bei der Erinnerung an diese verhängnisvollen Geschehnisse schüttelte ich den Kopf über mich selber.

»Ich war absolut sicher, dass Claudia die Sachlage verstehen und lachend ablehnen würde, denn die ganze Situation war doch ein Witz. Aber nein, sie sah mich ganz ernst an. Telepathisch versuchte ich ihr ein Kopfschütteln zu übermitteln und zwinkerte ihr zu, aber das musste sie missverstanden haben, denn sie rief aufrichtig erfreut: ›Ja. Ja, ich will!‹ Sie lachte von Herzen und strahlte so glücklich, dass man meinen könnte, sie hätte schon auf diese Frage gewartet.« Ich legte die flache Hand auf meine Brust und fühlte mein Herz.

»Danilo, so etwas kann wirklich nur dir passieren.«

»Ja, das ist wahr. Ich war damals so schockiert über meine eigene Courage, dass ich nur noch dümmlich lächelte und den Mund hielt. Was glaubst du, wie überrascht mein Schwiegervater in spe war. Er bestellte gleich eine Runde Champagner. Wenigstens hatte ich Elena zum Schweigen gebracht, die mich seit diesem Moment noch missmutiger ansah. Die einzig glückliche Person an diesem Tag war Claudia.« Ich klopfte meinem Herzen mit der geschlossenen Faust auf meiner Brust einen langsameren Takt vor, *adagio*, aber Herz und Hirn waren nicht in Einklang zu bringen.

»Und danach?«, fragte Nikolaj und reichte mir noch einmal den Flachmann.

14

»Mir ging's mies. Von den Hochzeitsvorbereitungen war ich zum Glück meist befreit, weil ich viel Arbeit hatte. Ich habe mich nur am Rande involvieren müssen. Zum Beispiel meine Meinung zur Füllung der Hochzeitstorte abgeben, solche Sachen. Schlimm war die Diskussion um die Gästeliste, denn Claudia hätte so gern gehabt, dass ich Mutter und Vater einlade. Aber ich habe mich standhaft dagegen gewehrt.«

»Wäre es nicht langsam an der Zeit, dass du mit der Vergangenheit Frieden schließt?«

»Nein, das finde ich nicht«, sagte ich und stand hustend auf. In meinem Hals kitzelte es schon wieder. »Die Gästeliste war der einzige Punkt in den vergangenen Monaten, bei dem ich unnachgiebig geblieben bin.«

»Nun ja«, seufzte Nikolaj, »Hauptsache ist, dass Ihr beide euch liebt.«

»Da hast du recht. In diesem Punkt gibt es absolut keinen Zweifel.«

Kurz darauf musste Nikolaj los, um seine Freundin Annabel vom Friseur abzuholen. An der Tür klopfte er mir noch einmal aufmunternd auf die Schulter, wir würden uns bald im Rathaus wiedersehen.

Ich sollte mich nun aber auch fertig machen. Während ich mich anzog, hielt ich meinen inneren Monolog mit dem Universum, wie ich es in den vergangenen Monaten häufig getan hatte. Es war ein flehentliches Gebet um irgendeinen rettenden Ausweg, eine schicksalhafte Wendung, die mich aus meiner Misere retten würde. Ich brauchte nichts weiter als ein kleines Wunder.

Ich kontrollierte meine Frisur: Es gab keine Strähne, nicht einmal ein einzelnes Haar, das rebellisch abstand. Mein Haar fügte sich kurzgeschnitten und dunkel in sein Schicksal, genau wie ich mich in meines. Dann steckte ich mein Handy und meinen Wohnungsschlüssel ein. Zum Schluss fehlte nur noch die Fliege, die ich durch Zufall im Vorraum fand.

2 Trauermarsch

Ich verließ meine Wohnung, schloss die Tür ab und trat mit den hängenden Schultern eines Verurteilten auf die Straße hinaus. Es war gegen 10 Uhr am Vormittag des 5. August 2019 und schon ziemlich warm. Der wolkenlose Himmel passte so gar nicht zu meiner Stimmung. Von meiner Wohnung in der Schottenfeldgasse waren es normalerweise nur 20 Minuten zum Rathaus, unserer gebuchten Hochzeitslocation. Heute könnte es etwas länger dauern, denn meine Beine bewegten sich im Schleichtempo des ›Trauermarsches‹ von Frederic Chopin vorwärts. Ich ging mit versteinerter Miene wie in Trance und sah weder nach links noch nach rechts. Meine Hände schwitzten und mein Herz raste so wild, dass ich mir ernsthaft Sorgen um meine Gesundheit machte. ›Stardirigent Danilo Orlow erleidet Herzinfarkt vor seiner Hochzeit‹ könnte die Schlagzeile lauten. Diese Vorstellung erschien mir sehr reizvoll, lieber Herzinfarkt als Heirat, aber mein Körper spielte nicht mit. Für so einen Zusammenbruch war ich mit meinen 33 Jahren zu jung. Je näher ich dem Rathaus kam, desto langsamer wurde ich.

Als ich gerade um die Ecke beim Palais Auersperg bog, sah ich unerwarteterweise meine zukünftige Schwiegermutter Elena mit ihrem Mann Heinrich im Schlepptau, der einen riesigen Blumenstrauß in den Händen hielt. Keinen Steinwurf von mir entfernt steuerten sie direkt auf mich zu. Elena trug ein hochgeschlossenes dunkelblaues Kostüm, das sich eng an ihren Körper presste. Bei ihrem Anblick musste ich unwillkürlich an einen Kontrabass denken. Den Kopf hatte sie halb zu ihrem Gemahl nach hinten geneigt und die Lippen ihres dunkelrot leuchtenden Mundes bewegten sich unaufhörlich, weswegen beide mich noch nicht bemerkt hatten.

Elena und Heinrich in meinem angespannten Zustand hier und jetzt zu begegnen war zu viel für mich. Nein, ich wollte sie jetzt nicht sehen. Nein, ich konnte mir ihre spitzfindigen Kommentare nicht anhören. Und nein, ich sollte eigentlich überhaupt nicht heiraten.

Nur weg hier. Ich machte kehrt und bog um die nächste Ecke in die Lerchenfelderstrasse ein. So schnell es ging, hastete ich zur nächsten Kreuzung und zweigte auch dort ab und dann gleich noch einmal.

Mein Körper setzte auf einmal ungeahnte Energien frei und meine Schritte wurden weiter und federnder. Ich überholte sogar einen Fiaker, dessen Pferdegespann aufgeregt schnaubte, als ich in meinem schwarzen Anzug *presto* an ihm vorbeisauste. Ein paar asiatische Touristen konnten gerade noch auf die Seite springen, als ich sie in rekordverdächtigem Tempo passierte. Lachend riefen sie mir etwas in japanischer Sprache hinterher. Meine Füße bewegten sich wie von selbst und ich konnte das erste Mal seit langem wieder frei atmen.

Herrgott, was machte ich da nur, fragte ich stumm. Warum fegte ich immer noch in die falsche Richtung. Und warum war die Last auf einmal von meinen Schultern genommen und mein Gang so aufrecht und gelöst? Ich durfte diese Straße nicht weiter hinunterlaufen, ich musste umdrehen, zu meiner Hochzeit gehen. Doch ich konnte nicht. Meine Gedanken schlugen wilde Purzelbäume und das Pulsieren meines Herzens steigerte sich zu einem ohrenbetäubenden Rauschen. Schlussendlich, ich war sicherlich 20 Minuten im Laufschritt dahingeeilt, blieb ich stehen und drückte mich schwer atmend in einer menschenleeren Sackgasse gegen eine Hausmauer. In dieser Ecke der Stadt war ich noch nie zuvor gewesen. Der Schweiß rann über meine Stirn und unter dem Frack klebte mir mein Hemd am Oberkörper. Ich hatte das Gefühl, als würden meine Beine jeden Moment unter mir nachgeben.

Ich betete inbrünstig und voller Verzweiflung, ich möge ans andere Ende der Welt gebeamt werden.

Unversehens nahm ich am Ende der Hausmauer eine Spiegelung wahr, über der Straße flirrte die Luft wie über heißem Asphalt in der Mittagssonne. Mir schwante, dass ich nun endgültig kurz vor dem körperlichen und geistigen Kollaps stand, und schloss die Augen. Würde ich nun gleich das Bewusstsein verlieren?

Ich ließ mich rücklings an der Hauswand angelehnt hinunter in die Hocke gleiten. Als ich hinübersah, zuckte ich vor Schreck zusammen, denn die ungewöhnliche Luftspiegelung hatte sich mir noch weiter genähert. Es war keine natürliche Reflexion, es war eine Erscheinung! Ich stieß einen Schrei aus und flüchtete die Hauswand entlang, die Gestalt nicht aus den Augen lassend. Sie folgte mir und befand sich nur noch wenige Schritte von mir entfernt. Ich konnte ganz klar die Konturen einer übermenschlich großen Gestalt erkennen, die sich wie in einer durchsichtigen Hülle von der Umgebung abgrenzte. In ihrem Inneren kursierte die Luft wie Wasser in einem Wasserfall, oder spielte mir mein gestresstes Gehirn einen

Streich und foppte mich mit einer Sinnestäuschung? Als ob sie einen Gang höher schalten würde, wurde sie schlagartig von goldgelbem Licht durchdrungen.

Instinktiv schob ich meinen Körper noch weiter zurück, bemerkte aber, dass ich bereits das Ende der Wand erreicht hatte und mich nun mit voller Kraft in eine Ecke drückte. Eine Sekunde später befand sich die Lichtgestalt nur noch einen Schritt von mir entfernt. Sie öffnete sich, als würde sie mich einladen näherzukommen. Ich hielt den Atem an und blieb regungslos an der Wand stehen. Sie wartete ab. Und dann, nach wenigen Sekunden, entfernte sie sich wieder ganz langsam von mir. Ich atmete erleichtert aus und sah der zäh entschwindenden Gestalt aus Licht und zirkulierender Luft nach.

Was war das gewesen? Der Stress meiner bevorstehenden Hochzeit musste diese Halluzination ausgelöst haben. Das war das Stichwort: meine Hochzeit. Und schlagartig war mein Dilemma wieder präsent und die Last wieder da, die auf mein Herz drückte wie das Gewicht eines ganzen Flügels. Konnte es sein, dass dieses Lichtwesen mir einen Ausweg bot? War das das Wunder, um welches ich gebeten hatte? Dort war es noch, im Begriff zu entschwinden. Konnte ich sie noch einholen? Ich stieß mich von der Mauer ab und ging rasch auf die leuchtende Gestalt zu. Da, sie wartete auf mich. Wieder öffnete sie sich und bildete einen Lichtbogen wie ein Portal, das mich einlud einzutreten. Noch einmal zögerte ich kurz, doch dann machte ich den Schritt hinein.

Das Licht nahm mich so schnell in sich auf, dass ich nicht einmal mehr schreien konnte. Mir versagten die

Sinne. Ich konnte nicht atmen, riechen oder fühlen. Ich wurde mitgenommen auf eine sehr lange Reise.

Erst blendete mich ein sehr helles Licht, danach folgte tiefe Dunkelheit. Es fröstelte mich. Meine Wahrnehmung war abstrakt, ich stand neben mir. Passierte mir all das überhaupt oder jemand anderem? Dann verlor ich das Bewusstsein.

3 Pauken und Tschinellen

Ich wurde von einem Kitzeln in meinem Gesicht geweckt. Grashalme berührten meine Nase, ich lag auf meiner linken Seite eingerollt auf einer Wiese. Ich spürte weichen, erdigen Boden unter meiner Wange. Blinzelnd öffnete ich meine Augen, meine Lider waren schwer, doch allmählich wurde ich wieder Herr meiner Sinne.

Ich fühlte mich durchgerüttelt wie nach einer der langen Zugfahrten durch Osteuropa, die ich in den 1990er Jahren mit meiner Oma unternommen hatte und einem einen steifen Nacken sowie einen schwindeligen Kopf bescherten.

Nach oben schauend sah ich freien strahlend hellblauen Himmel.

Wo war ich? Was war passiert? Langsam bewegte ich meine Beine, meine Arme, die Hände und die Finger. Dann versuchte ich mich aufzusetzen. Mein Gaumen war trocken und ich verspürte gigantischen Durst.

»Hallo, mein Junge«, hörte ich da eine behutsame, tiefe Stimme. Sie hatte einen ausgesprochen wohligen und beruhigenden, fast singenden, melodischen Klang und ich dachte sofort ›Bariton‹.

Ungelenk drehte ich mich um und sah einen Mann mit einem langen dunkelgrauen Bart und grauem Haar, das er in einem losen Zopf zurückgebunden trug. Er kniete sich neben mich und befühlte fürsorglich meine Stirn. Ich mochte seine gutmütigen Augen, die von dichten, wild in alle Richtungen abstehenden Augenbrauen eingerahmt wurden.

»Ich bin Michael«, sagte er in englischer Sprache. Ich wollte ihm meinen Namen nennen, der irgendwo in meinem Kopf abgespeichert war, aber er konnte die Schranke zwischen meinem Gehirn und meiner Zunge noch nicht passieren.

Stattdessen sagte ich »Wasser«, weil Trinken wichtig für mich war, das hatte ich nicht vergessen, denn ich besaß nur noch eine Niere. Da wusste ich meinem Namen wieder: »Danilo Orlow. Ich bin Danilo Orlow.«

»Susanna«, rief Michael und seine Stimme zitterte vor Aufregung, »bring Wasser, hier ist jemand! Marc, Tom, Christine, bringt Wasser, schnell!«

Als ich mich aufsetzte, drehte sich alles um mich wie in einem Karussell. Mein Magen rebellierte. Ich hustete, fast musste ich mich übergeben. Michael half mir mich an eine Felswand anzulehnen, welche ein paar Schritte vor mir in die Höhe ragte. Mich gegen den massiven Stein zu stützen stabilisierte mich und linderte meinen Schwindel. Ich ließ meinen Blick über die Umgebung schweifen. Eine Lichtung, so ausgedehnt wie ein halbes Fußballfeld, umgeben von hohen Bäumen und Sträuchern. In der Mitte der Lichtung stand ein einzelner riesiger Laubbaum.

Die von Michael Gerufenen kamen aus einem Höhleneingang im Felsen heraus. Wir starrten uns gegenseitig an.

Eine grauhaarige Frau in Michaels Alter hielt sich halb hinter ihm versteckt. Des Weiteren sah ich eine Frau und zwei Männer, sie waren etwas jünger als ich. Die Männer trugen Bärte und schulterlanges Haar. Die Frauen hatten Flechtfrisuren.

War ich unter Drogen gesetzt und in das Versteck von Obdachlosen verschleppt worden? Andererseits wirkten diese Leute nicht schäbig angezogen. Sie trugen einfache, altmodische Kleidung, die aussah wie selbst genäht, aber durchaus sauber und gepflegt war.

Die grauhaarige Susanna reichte mir Wasser in einem Tonkrug, aus dem ich in schnellen Zügen trank. Ich wurde von den neu Hinzugekommenen gemustert wie die Jahrhundertsensation auf einem Jahrmarkt, so nahe drängten sie sich an mich.

Der dickere der beiden Männer betastete mit seinen Fingern mein Hemd, als hätte er noch nie ein solches gesehen. Rasch setzte ich den Wasserkrug ab und drückte seine Hand entschieden von mir weg.

»Bist Du ein Dirigent oder bist Du ein Bräutigam?«, fragte er mich schief angrinsend und zeigte dabei auf meine Kleidung. Ich sah an mir herunter.

»Ich bin beides. Ich bin ein Dirigent und heute auch Bräutigam.« Bruchstückhafte Bilder von Hochzeitsvorbereitungen, Panik und atemloser Flucht durch die Wiener Innenstadt tauchten vor meinem inneren Auge auf. Ich erstarrte.

»Oh, mein Gott«, sagte ich, als mir alles schlagartig wieder einfiel. »Ich hätte heiraten sollen.«

Stockend erzählte ich ihnen was vorgefallen war und schaute von einem zum anderen. Keine Ahnung, wie ich auf die Lichtung gekommen war.

»Wo bin ich?«, fragte ich und sah mich um. Ganz bestimmt war ich hier noch nie gewesen. »Claudia wird schon durchdrehen, weil ich verschwunden bin. Das ist meine Verlobte, die ich eben hätte heiraten sollen.«

»Hier bist du in Sicherheit und wir freuen uns, dass du bei uns bist«, sagte Michael.

Ich versuchte aufzustehen und erneut erfasste mich Schwindel. Fast wäre ich hingefallen, wenn Michael mich nicht an den Schultern gepackt und gestützt hätte. Er lehnte mich an die Felswand und ich sank wieder zu Boden. Meine Beine fühlten sich an wie Pudding.

»Das gibt sich bald, mein Junge. Es ist uns allen so gegangen nach unserer Ankunft. Komm setz dich dort drüben hin«, sagte er und half mir zu einer in Fels gemeißelten Sitzgelegenheit in wenigen Metern Entfernung.

Die in den Stein geschlagenen Brocken erinnerten mich aufgrund ihrer Anordnung an ein zu niedrig geratenes Stonehenge. In der Mitte prangte ein runder Block als Tisch.

»Die Erscheinung, die du gesehen hast, hat dich gerettet. Wir fünf sind genauso hergekommen, einer nach dem anderen«, sagte Michael und deutete auf die umstehenden. »In Not hat jeder von uns das Universum verzweifelt um Rettung angerufen und die Lichtwesen haben uns gehört und erlöst. Dann wurden wir hierher gebracht. Ich kann dir nicht sagen, auf welchem Planeten im Kosmos wir uns hier befinden, aber eines weiß ich sicher: Es ist nicht die Erde.«

Ich atmete schwer. Träumte ich das alles? Beim Zwicken in den Arm spürte ich den stechenden Schmerz. Also musste ich wach sein.

»Als du vorhin gesagt hast, dass du ein Dirigent bist, hat mich das nicht überrascht, denn das ist das verbindende Element zwischen uns und den Lichtwesen. Wir sind alle Musiker und die Lichtwesen lieben die Musik. Wir spielen für sie und sie ernähren uns im Gegenzug. Du schaust mich ungläubig an. Aber so ist es, mein Junge.

»Ich bin Christine«, stellte sich die jüngere der beiden Frauen vor. Sie trat einen Schritt auf mich zu und sprach beruhigend auf mich ein. »Es ist alles wahr, du wirst es bald selbst sehen. Sieh mal, dort drüben.«

Sie deutete in den Himmel oberhalb der Baumkronen des Waldes. Ich musste zweimal hinsehen, denn ich erkannte zwei Sonnen, welche über dem linken Ende des Horizontes standen. Ich rieb mir die Augen und sah noch einmal hin.

»Was!«, rief ich aus.

»Das sind die beiden Sonnen unseres Planeten.«

Meine Augen sahen sie, doch mein Gehirn konnte es nicht glauben. Halluzinierte ich? Nein, ich sah die beiden kreisrunden, blendend hellen Scheiben klar und deutlich am Himmel stehen.

Die Erkenntnis traf mich wie ein Paukenschlag. Meine flehentlichen Gebete waren tatsächlich erhört worden! Ich war ein freier Mann! Es würde keine Hochzeit geben. Keine Schwiegereltern, keine Schwüre am Traualtar, keine lebenslange Verkettung, keine Beengtheit, die mir die Luft zum Atmen nahm, keine Probleme. Ich lächelte.

Doch ohne Hochzeit keine Braut. Dieser Gedanke war wie ein gellender Tschinellenschlag in meinem Kopf, der sich als unangenehmer Ton tiefer und tiefer in mein Gehirn bohrte. Er brachte die gesamte Dimension meiner Lage ans Tageslicht. Claudia war die Melodie und der Rhythmus meines Lebens. Es war mir schlicht unvorstellbar, ohne sie zu leben.

Als ich die Geschehnisse noch weiter überdachte, wurde mir vor Unbehagen ganz heiß. Denn Claudia hatte auf mich beim Standesamt gewartet. Ich hatte sie mit der ganzen Hochzeitsgesellschaft sitzengelassen. Was für eine unfassbare Enttäuschung musste das für sie gewesen sein! Welcher Schmach hatte ich sie ausgesetzt! Als ich das Ausmaß meines Verrates an Claudia realisierte, sprang ich wie elektrisiert auf und schlug die Hände vor mein Gesicht.

Ich lief hin und her, mir die Haare über meine eigene Bösartigkeit raufend. Das durfte doch alles nicht wahr sein! Nein, das hatte ich nicht gewollt!

»Michael!«, rief ich »Wie kann ich wieder zurück auf die Erde?«

Wortlos schüttelte er nur den Kopf.

4 Winter

»Es ist eine Sackgasse«, sagte Michael schon zum dritten Mal, aber ich wollte es nicht wahrhaben. Irgendeinen Weg zurück nach Hause musste es geben. Es gab immer einen Weg.

»Sie haben mich hergebracht, also können sie mich auch wieder zurückbringen«, beharrte ich.

»Wir können uns aber nicht mit ihnen verständigen. Wenn wir sie ansprechen, dann ist das so wie …« Er suchte nach den richtigen Worten. »Als wenn wir das Quieken eines Meerschweinchens hören. Kauderwelsch. Genauso ist es mit den Lichtgestalten und uns. Sie hören vermutlich Töne, aber sie begreifen sie nicht! Kommunikation ist unmöglich. Das heißt, du kannst bei ihnen nicht einfach einen Rückflug zur Erde buchen.«

»Hm«, sagte Susanna, »vielleicht gibt es doch eine Möglichkeit. Es stimmt, wir können nicht mit den Lichtwesen sprechen, aber was ist mit der Hexe? Du musst wissen, Danilo, mitten im Wald wohnt eine alte Frau, wir nennen sie ›die Hexe‹, weil es bei ihr nicht mit rechten Dingen zugeht. Manchmal, wenn wir im Wald Pilze und Beeren sammeln, taucht sie plötzlich wie aus dem Nichts auf und starrt uns aus ihren hellen, stechenden Augen an. Einmal sprach sie sogar zu uns. Da erschien sie unversehens und sagte, dass wir an den Pilzen vorbeigelaufen seien. Und im nächsten Moment war sie wieder verschwunden. Wenn man sich bei ihrem Erscheinen erschrickt, dann lacht sie. Und ein anderes Mal haben wir sie beobachtet, wie sie mit einem Lichtwesen zusammengestanden ist. Sie haben eine Art von Gespräch geführt. Nicht so wie wir miteinander reden, aber die Hexe hat die Lichtgestalt mit der flachen Hand berührt und sie hat reagiert, sie bewegte sich und die Intensität des Lichtes hat sich verändert. Es hatte den Anschein eines stummen Gedankenaustausches. Vielleicht kann die Hexe zwischen dir und den Lichtwesen vermitteln?«

»Ja, du hast Recht«, sagte Michael. »Danilo, möglicherweise kann sie dir helfen. Einen Versuch wäre es Wert.«

»Prima, wo kann ich sie finden?«, rief ich.

»Im Wald. Allerdings kann man nicht so einfach zu ihr gehen, sondern sie taucht dort plötzlich auf, wenn sie es will. Heute ist es schon viel zu spät. Schau, die Sonnen sind beinahe am Horizont verschwunden und in Kürze wird es stockdunkel sein. Wir gehen morgen früh.«

Zweifelsohne hatte die Dämmerung eingesetzt.

»Habt ihr keine Lichter oder Lampen?«, fragte ich. Ich hatte keine Zeit zu verlieren und wollte am liebsten sofort los.

»Nur schwache Petroleumlampen, mit denen kommen wir nicht weit. Und außerdem ist es jetzt Zeit für die Musik. Wir müssen uns unser Abendessen verdienen.«

»Kommen sie jetzt?«, fragte ich.

Michael nickte und ich fasste den Vorsatz, beim Erscheinen der Lichtwesen nichts unversucht zu lassen.

Marc und Tom holten Instrumente aus der Höhle hervor. Vier Violinen und ein Cello. Beim Anblick des Cellos musste ich schlucken, denn Claudia war auch Cellistin.

Sie formierten sich wie ein Kammerorchester und Michael gab den Einsatz. Ich erkannte den »Winter«, den vierten Teil aus Vivaldis Meisterwerk »Die Vier Jahreszeiten«, schon nach den ersten Takten. Das dramatische Thema unterstrich meine düstere Stimmung. Nach ungefähr einer Minute begann die Luft hinter den Musikern zu flirren, so wie heute Vormittag in der kleinen Gasse. Sie verdichtete sich, bis die Form eines gallertartigen Körpers sichtbar wurde, dessen Begrenzungen mit der ihn umgebenden Luft verschmolzen. Sein innerer Kern zeichnete sich durch feine Linien von dem Lichtkörper ab. Vier weitere Erscheinungen manifestierten sich. Vor Schaudern stellten sich mir die Härchen auf meinen Unterarmen auf und ich getraute mich kaum zu atmen, als sich die Wesen über dem Boden schwebend langsam der Gruppe von Musikern näherten.

Beim Einsetzen des Hauptmotives strahlten die Lichtgestalten goldgelb, als ob die Melodien und Harmonien ihnen Leben eingehaucht hätten. Eines der Wesen schimmerte rötlich und hatte Sprenkel wie kleine Äderchen, die sich zart von seiner gallertartigen Haut abhoben. Tief im vermeintlichen Kopf des Wesens zeichneten sich zwei verzerrte Augen ab. Es war das Bizarrste, was ich je in meinem Leben gesehen hatte.

Ich erschauerte und drückte mich ganz tief in meinen steinernen Sitz.

Doch es half nichts. Ich nahm meinen ganzen Mut zusammen, stand auf und trat direkt auf die Erscheinungen zu. Ich räusperte mich. Die Musik verstummte.

»Hallo«, rief ich mit zittriger Stimme. »Ich bin Danilo Orlow. Ihr habt mich heute von der Erde hierher geholt, ihr habt meine Hilferufe erhört. Für euren Beistand danke ich euch sehr. Doch ich habe mich schrecklich geirrt. Ich muss unbedingt wieder auf die Erde zurück, denn ich habe jemanden zurückgelassen, meine Verlobte, ohne die ich keinesfalls leben kann. Ich habe sie schrecklich im Stich gelassen. Könnt ihr mich verstehen?« Die Gestalten reagierten nicht. Weiterhin bewegten sie sich langsam auf mich zu.

»Geh besser auf die Seite«, rief Michael.

Doch da war es schon zu spät, ich geriet in die Sphäre einer der Lichtgestalten und die sog mich in ihr Inneres ein. Kein Laut der Außenwelt drang zu mir durch. Mir blieb die Luft weg. Zwei verzerrte Augen beäugten mich durchdringend. Dann hob das Wesen mich in die Höhe, wie wenn die Schwerkraft nicht existierte, drehte mich mehrmals um die eigene Achse und ließ mich dann abrupt fallen, als würde es mich wieder ausspucken. Unsanft landete ich bäuchlings auf der Erde.

»Alles in Ordnung?«, rief Michael und beugte sich fürsorglich zu mir herunter.

»Ja, alles okay«, winkte ich ab und erhob mich schwerfällig.

Mich umsehend bemerkte ich gerade noch, wie zwei der Lichtwesen über dem Tisch schwebten, diesen einige Sekunden lang mit ihrem Flimmern einhüllten und dann weiterzogen in Richtung Wald. Auf dem Tisch hatten sie etwas zurückgelassen.

Es war das Essen: ein großer, runder Laib Brot, eine Schüssel mit Butter und ein Teller mit Käse. Äpfel, Birnen, Karotten und Nüsse lagen verstreut auf der Steinplatte herum.

»Oh, schau mal«, rief Michael und deutete hinter mich, wo eines der Lichtwesen, es war jenes mit dem rötlichen Schein in seinem Inneren, verharrte. Es schien uns zu beobachten.

»Dieses hier kann uns wahrnehmen«, rief ich aufgeregt und trat auf das Wesen zu.

Ich wiederholte meine kleine Rede von vorhin, sprach extra laut und deutlich. Es fokussierte sich auf mich. In seinem oberen Bereich sah ich deutlich ein Gehirn und Augen durchschimmern. Es beugte sich zu mir herunter. Schließlich bewegte es sich auf mich zu. Als es sich unmittelbar vor mir befand, sprang ich rasch auf die Seite, um nicht wieder hineingesogen zu werden. Das Wesen verschwand genauso wie die anderen beiden, indem es sich auflöste. Mein Puls normalisierte sich wieder. »Lasst uns essen«, sagte Michael.

Appetitlos knabberte ich an einem Stück Brot herum. Um uns herum war es dunkel geworden und Marc entzündete die Feuerstelle neben dem Tisch. Ich starrte in die Flammen und fühlte mich plötzlich erschöpft. Mein Kopf pochte und der Blick in das flackernde Feuer verursachte mir Schwindel. Mein Körper verlangte dringend nach Ruhe.

»Ich fühle mich total erledigt. Kann ich mich irgendwo hinlegen?«, fragte ich.

Tom ging vor und zeigte mir die Höhle. An den Wänden waren Petroleumlampen angebracht, die die Sicht auf einen runden Raum öffneten, vom dem weitere Durchgänge tiefer in die Höhle führten. In der Mitte befand sich ein Tisch aus massivem Holz, um den Holzstühle standen, und an den Wänden hingen orange, dunkelgrüne und braune Teppiche. Am Ende des Raumes, ich musste zweimal hinsehen, stand ein Flügel.

»Ein Klavier!« Der Gedanke, dass wenigstens ein Klavier hier war, tröstete mich, auch wenn ich mich in meinem hoffnungslosen und aufgewühlten Zustand niemals ans Klavier gesetzt und gespielt hätte.

Tom ging durch einen der Höhlenarme weiter voran in einen Raum, von dem er sagte, dass er leer stehen würde. Er war nur wenige Quadratmeter groß. Tom entzündete eine Lampe, in deren Licht ebenfalls mit Teppichen behängte Wände zum Vorschein kamen. Es gab eine Schlafstätte, die mit einer Matratze, Decken und Polstern bedeckt war. In einer Truhe zeigte mir Tom Kleidung und noch mehr Decken, falls mir kalt werden sollte.

»Gute Nacht«, sagte er und ließ mich allein.

Seufzend legte ich meinen Hochzeitsfrack ab, den ich am Morgen so unglücklich angezogen hatte und legte mich ins Bett. Heute hatte ich wirklich alles vermasselt.

Was wohl jetzt gerade zu Hause los war? Hasste Claudia mich? Oder machte sie sich Sorgen? Immerhin war ich spurlos verschwunden, vielleicht dachte sie an eine Entführung und die Polizei war auf der Suche nach mir. Was würde die Presse schreiben? Morgen würde ich mich auf die Suche nach der Hexe machen und dann alles wieder ins Reine bringen. Endlich schlief ich vor Erschöpfung ein. Doch unterschwellig ließ meine Sehnsucht in Traumbildern jenen Tag wiederaufleben, an dem Claudia und ich uns vor drei Jahren kennengelernt hatten.

5 Liebestraum

Beim »Wiener Sinfonieorchester« wurde die Stelle für ein Cello neu besetzt und es fand ein Probespiel statt. Dutzende Male hatte ich Bachs Cello Suite No.1 heute schon gehört. Ich seufzte tief. Die verdeckten Probespiele hinter der Wand hatten etwas für sich gehabt, immerhin konnten die Bewerber auch die Jury nicht sehen, was mir erlaubt hatte, bei Bedarf die Augen zu schließen.

Nun präsentierten die Cellisten, die es in die nächste Auswahlrunde geschafft hatten, ihre Kunst allerdings ungeschützt auf der Bühne und just in diesem Moment betrat die letzte Kandidatin den Raum.

Unsere Blicke trafen sich und mein Herz setzte einen Viervierteltakt lang aus. Ihre dunkelblauen Augen strahlten erfrischend wie das Meer und wurden von fein geschwungenen Brauen gleich geheimnisvollen Ornamenten umrahmt. Mit einem Schlag war ich wieder hellwach. Bildete ich mir das ein oder war sie tatsächlich ganz leicht errötet, als wir uns eben angesehen hatten? Sie trug ihr langes braunes Haar zu einem losen Zopf zurückgebunden, wodurch ihre zarte Stirn, ihre hohen Wangenknochen und ihr feiner Mund zur Geltung kamen. Ein bezauberndes leises Lächeln umspielte ihre Lippen, während sie ihr Instrument richtete und die Noten auf das Pult vor sich stellte. Unwillkürlich musste ich auch lächeln und begann in meinen Unterlagen zu blättern, um meinen Blick von ihr abzuwenden und meinen Gesichtsausdruck wieder zu neutralisieren.

»Kandidatin Nummer 11 spielt Franz Liszt ›Liebestraum‹«, verkündete der Administrator.

»Bitte beginnen Sie, wenn Sie so weit sind«, sagte ich.

Das Begleitpiano begann zu spielen und kurz darauf setzte die junge Frau mit dem Cello ein. Sie fing in absolut richtiger Stärke und Tempo an, ich spürte Leidenschaft und viel Gefühl. Nach ungefähr zwanzig Sekunden rutschte das Notenheft plötzlich vom Pult und fiel mit einem leisen Klatschen auf den Boden. Ein loses Blatt segelte durch die Luft und landete direkt vor meinen Füßen. Abrupt verstummte die Musik und sie sah erschrocken zum Jurytisch herüber. So etwas durfte während eines Auftrittes eigentlich nicht passieren und war der Aufregung geschuldet. Sie hatte offensichtlich vergessen die Noten ordentlich zu fixieren und prompt waren sie durch eine Berührung des Cellos mit dem Notenständer in Bewegung geraten.

»Kein Problem«, sagte ich freundlich und hob das Blatt auf. Ich ging zu ihr und überreichte ihr die abtrünnige Seite, wobei sich unsere Blicke wieder trafen. Ich konnte die Verzweiflung über das Missgeschick deutlich in ihren Augen sehen.

»Atmen Sie tief durch und beginnen Sie noch einmal. Sie machen das toll!«, sagte ich mit gedämpfter Stimme zu ihr, sodass nur sie es hören konnte. Dabei zwinkerte ich ihr aufmunternd zu, um ihr ein wenig Sicherheit zu geben.

»Danke«, antwortete sie ebenso leise das Notenblatt entgegennehmend und schenkte mir ein kleines Lächeln, bei dem mir unvermittelt heiß wurde.

Der »Liebestraum« begann erneut und erfüllte den Saal, sanft in den leisen Passagen und sich lebhaft steigernd. Ich war davon so mitgerissen, dass ich die Schwingungen der Musik körperlich fühlen konnte. Das Timbre des Cellos durchdrang mich und bescherte mir Gänsehaut am ganzen Körper sowie eine unbestimmte Empfindung, die an meinem Herzen rührte. Es war erhebend und schmerzvoll zugleich. War es Wehmut? Ganz vermochte ich es nicht einzuordnen. Sie transportierte genau die Emotionen, die Liszt zu dem Stück inspiriert hatten. Unerreichbare Liebe, die für immer nur ein Traum bleiben würde. Irgendwo aus meinem Hinterkopf stieg der törichte Wunsch auf, dass Kandidatin 11 dieses Lied für mich spielen würde. Rasch rief ich mich zur Räson, denn ich war der Chefdirigent eines weltberühmten Orchesters und kein schwärmender Teenager, der einem Liebestraum nachhing.

Die Aspirantin ließ den letzten Ton verklingen und anerkennendes Gemurmel ging durch die Jury. Mein Konzertmeister und die Orchestermitglieder neben mir nickten zufrieden. Endlich eine Bewerberin, die die Erwartungen erfüllt hatte. Die junge Frau verließ den Raum und jetzt lag es an mir. Ich fühlte mich wie ein römischer Imperator: Daumen hoch oder Daumen runter? Mein klopfendes Herz war entzückt, mein Verstand darüber alarmiert.

Wie sollte ich entscheiden?

Ich erwachte und war einen Moment lang desorientiert, bis mir alles erneut einfiel. Mit einem Schlag war ich wieder bei mir und stand sofort auf. Rasch suchte ich mir aus der Truhe ein paar Kleidungsstücke zusammen: grobe braune Leinenhosen und ein weites graues Hemd. Ein paar Holzpantoffeln passten gerade so. Seufzend rollte ich meinen Hochzeitsanzug zusammen und verstaute ihn in der Truhe. Es war keine Zeit zu verlieren, ich musste jetzt die Hexe suchen.

Ich war dankbar, dass die Bewohner mich begleiteten, und folgte Tom, der die Gruppe in den Wald führte. Eigentlich hielt ich mich nicht gern in Wäldern auf, weil mich die besondere Stille verunsicherte. Es gab hier keine Akustik und jeder Ton wurde von der schier unendlichen Weite und den bemoosten Böden verschluckt. Und dieser Wald war extrem: Außer dem Rascheln der Blätter und dem Knacken der Zweige unter unseren Füssen hörte ich keinen einzigen Laut. Gab es denn hier keine Tiere, keinen Wind? Kein Vogelgeschrei war zu hören, kein einziges Insekt zu sehen. Das Blattwerk der Laubbäume über unseren Köpfen wurde immer dichter und der Wald mit einem Schlag dunkler, als ob sich der Vorhang einer Bühne hinter uns herabgesenkt hätte. Viele dicke Stämme erschwerten unser Fortkommen. Manchmal standen die Bäume so dicht wie eine Wand und riegelten den Weg vor uns ab wie Soldaten, sodass wir einen weitläufigen Umweg gehen mussten. Mich fröstelte und die Haare standen mir auf den Unterarmen vor Unbehagen zu Berge. Ich hielt die ganze Zeit Ausschau nach der Hexe und zuckte zusammen, als ich in einer gespenstisch gewachsenen Eiche eine Person zu erkennen meinte. Doch da war nichts.

»Wie schaffst du es nur, dich hier nicht zu verlaufen?«, fragte ich, um mich durch ein Gespräch ein wenig abzulenken.

»Ehrlich gesagt, schaue ich nicht auf den Weg, Orientierung ist unmöglich.« Tom deutete nach oben, wo keine Spur vom Himmel wegen des undurchdringlichen Blätterdaches zu sehen war. Sich anhand des Standes der Sonnen oder eines markanten Punktes im Gelände zurechtzufinden war ausgeschlossen. »Im Wald gelten ganz eigene Naturgesetze, denn gleichgültig in welche Richtung man geht, nach einer gewissen Zeit kommt man wieder an unserer Lichtung an. Wir sind so schon hunderte Male im Kreis gegangen. Markierungen zu legen ist auch zwecklos, der Wald entfernt sie wieder.«

Es schüttelte mich vor Unbehagen und ich überlegte, an welchen Horrorfilm mich dieses Szenario erinnerte. Jetzt fehlten nur noch mystische Steinhaufen und Hexensymbole aus Zweigen.

»Aber das ist auch gut, weil man sich nicht verirren kann«, griff Marc, der hinter mir ging, das Thema wieder auf.

»Vielleicht sollten wir ein wenig Krach machen, um die Hexe auf uns aufmerksam zu machen«, schlug Christine vor. »Wie wäre es, wenn wir sie rufen?«

»Hallo?«, rief ich mit zitternder Stimme zaghaft in den Wald hinein, in dem die Sichtweite durch üppige Zweige und tief hängende Äste nun nur noch einige wenige Schritte betrug. Ich wollte mir gar nicht vorstellen, was oder wer hinter dem nächsten Baum vielleicht auf uns wartete.

Da begann Michael mit seiner tiefen Stimme passenderweise das Lied »Norwegian Woods« von den Beatles zu singen und wir stimmten alle mit ein. Meine Beklemmung legte sich und die Schritte wurden weiter. Mutig spähte ich ins Dickicht und schaute genau, ob ich zwischen den Bäumen irgendwo eine Gestalt ausmachen konnte.

Doch außer Bäumen und Felsen, die sich stellenweise vor uns auftürmten wie die Skyline einer Stadt, sah ich nichts und niemanden. Wir machten kurz Rast an einem kleinen Bach und erfrischten uns.

»Ich vermisse meine Uhr«, sagte ich und umfasste mein nacktes Handgelenk. Ich hatte sie gestern zu Hause liegen gelassen. Wie lange wir wohl schon durch den Wald gingen?

»Marc und ich haben vor einiger Zeit versucht zu messen, wie lange ein Durchgang dauert, also vom Aufbruch an der Lichtung bis man wieder am Ausgangspunkt ankommt. Ich habe *Happy Birthday*s gesungen und Marc hat gezählt. Es waren zwischen 320 und 480 *Happy Birthday*s je Versuch. Wenn man annimmt, dass man das Liedchen viermal in der Minute schafft, dann wären das zwischen 80 und 120 Minuten je Runde gewesen«, sagte Tom.

»Ja, das war komplette Zeitverschwendung«, sagte Marc grinsend. »Bei jedem Versuch hatten wir ein anderes Ergebnis. Und irgendwann ist uns der Song so auf die Nerven gegangen, dass wir es aufgegeben haben.«

»Ich könnte nicht sagen, ob wir jetzt schon eine Stunde unterwegs sind oder zwei«, überlegte ich laut und erhob mich, denn für mein Empfinden rasteten wir nun schon zu lange.

Tom ging wieder voran. Tapfer schaute ich mich pausenlos nach der Hexe um. Plötzlich durchdrang das ohrenbetäubende Krachen eines Astes hinter uns die Stille. Tom und ich fuhren herum, es war aber nur Michael, der für Susanna den Weg frei gemacht hatte.

»Sorry!«, rief er.

Nachdem wir ein paar Mal tief durchgeatmet hatten, setzten wir unseren Weg fort. Unvermutet lichtete sich das Blätterdach über uns. Wir passierten zwei eng stehende Linden und traten auf die Lichtung hinaus, von der wir am Morgen losgegangen waren.

Enttäuscht ließ ich meine Schultern hängen. Wir hatten keine Spur von der Hexe entdeckt. Wertvolle Zeit war vergangen, dabei musste ich doch so dringend mit Claudia sprechen. Ratlos sahen wir uns an.

Da sagte Susanna: »Wir müssen noch mehr Krach machen, dann wird sie bestimmt erscheinen. Wie wäre es, wenn wir beim nächsten Mal unsere Trommeln mit in den Wald nehmen? Da muss sie uns doch hören!«

Das war eine fabelhafte Idee und ich schöpfte neuen Mut. Doch der aufreibende Marsch durch den Wald hatte an meinen Kräften gezehrt und ich spürte, dass mein Körper eine Pause und dringend etwas zu Essen benötigte, sonst würde ich bald schlapp machen. Danach würden wir einen zweiten Versuch unternehmen.

Wir ließen uns am steinernen Tisch nieder. Abgekämpft streckte ich meine Beine von mir. Meine Füße schmerzten, denn ich war dieses harte Schuhwerk nicht gewohnt. Ohne Appetit zwang ich mich ein enormes Stück Brot mit viel Butter und einer dicken Scheibe Käse zu essen. In Kürze würde ich die Energie benötigen.

Schweigend beobachtete ich ein spielerisches Scharmützel zwischen Tom und Christine. Er neckte sie mit einem Grashalm und sie bedachte ihn dafür mit einem Blick, der eine ganze Bandbreite an Gefühlen ausdrückte. Einen Tick zu lange sahen sie sich in die Augen und als Außenstehender konnte man nur erahnen, was für Empfindungen hier im Spiel waren. Auf alle Fälle schienen da Lebensfreude, Zuneigung, Neugierde, Zärtlichkeit, Begehren und ganz viel Herz zu sein. Mit einem Wort: Liebe. Schmerzlich fühlte ich mich wieder an den Tag zurückversetzt, an dem Claudia und ich uns kennen gelernt hatten.

7 Rockabilly Band

Natürlich wäre es verrückt, eine perfekt geeignete Kandidatin abzulehnen, nur weil sie ... ja was eigentlich? Weil sie mit ihren strahlend blauen Augen mein Herz zum Pochen gebracht und mir mit ihrem berückenden Lächeln meinen Puls in die Höhe getrieben hatte? Das war so lächerlich! Mit Willensstärke verbannte ich die Melodie des Liebestraums *aus meinem Kopf, der sich dort als lästiger Ohrwurm eingenistet hatte. Immerhin stand ich mit meinen 30 Jahren mit beiden Beinen fest im Leben. Ja, sie sollte ihre Chance bekommen und nach dem üblichen Probejahr fix in unser Orchester aufgenommen werden.*

Da eine harmonische Stimmung im Team der Treibstoff für grandiose Konzerte ist, überlegte ich mir, wie sich die Cellisten des Orchesters und die neue Kollegin im kleinen Rahmen kennenlernen konnten. Die Proben zu einem Auftritt mit dem Wiener Kinderchor kamen mir da gerade recht, begleitet nur von Cello, Violine, Klavier und Sachertorte, die ich anlässlich ihres ersten Arbeitstages besorgt hatte.

Am 1. September 2016 betrat sie pünktlich um 10 Uhr den Proberaum. Sie trug ein luftiges zitronengelbes Kleid und ihr Cello, das sie in einer blitzblauen Tasche wie einen überdimensionalen Rucksack am Rücken festgeschnallt trug, überragte ihren Kopf um mindestens einen halben Meter. Die Größenordnung zwischen der zarten Frau und dem Instrument schien mir in einem so krassen Missverhältnis zu stehen wie Ameise und Zuckerwürfel. Noch dazu hielt sie einen breiten Karton in ihren Händen. Sofort eilte ich zu ihr, um ihr die Last abzunehmen. Claudia übergab mir schmunzelnd die Schachtel und ließ danach ihr Instrument vom Rücken gleiten.

»Dankeschön!«

Ich stellte die Box auf einem Tisch ab. »Ich bin Danilo, herzlich willkommen beim Wiener Sinfonieorchester!« Ich reichte ihr meine Hand und ihr ansteckendes Lächeln ließ meine Mundwinkel automatisch nach oben schnellen.

Ihre Augen strahlten mich an »Claudia. Claudia Muth. Ich freue mich sehr!«

Ihre Hand in meiner fühlte sich so unerwartet vertraut und gleichzeitig elektrisierend an, als würde ich eine glitzernde Plasmakugel berühren. Überrascht von der angenehmen Empfindung hielt ich sie einige Sekunden länger als bei einer Begrüßung üblich.

Mein Konzertmeister Walentin räusperte sich neben mir. Wie ertappt lösten wir unsere Hände und danach stellten sich der Reihe nach die Ensemblekollegen vor.

Ich verteilte die von mir am Morgen noch im Hotel Sacher *besorgte Torte auf vorbereiteten Tellern. »So beginnt nicht jede Probe bei uns, aber heute ist ja auch ein besonderer Tag!«*

»Oh, nein«, rief Claudia lachend und öffnete den von ihr mitgebrachten Karton. »Da hatten wir die gleiche Idee! Ich habe auch etwas mitgebracht«

Ich musste zweimal hinsehen. Das konnte doch nicht wahr sein!

»Sind das ›Pastilas‹?«, rief ich freudig überrascht, als ich das fruchtige, typisch russische Gebäck erkannte. »Die habe ich seit Ewigkeiten nicht mehr gegessen. Als Kind hat sie unsere Oma immer gebacken.«

Sogleich fühlte ich mich in meine Kindheit zurückversetzt und war aufgeregt wie ein kleiner Junge, als ich mir das erste Stück aus der Schachtel nahm.

»Damit hat sie mich vom Klavier weggelockt, wenn sie meinte, ich bräuchte eine Abwechslung«, sinnierte ich. Der herrlich süße Geschmack ließ augenblicklich Erinnerungen wieder aufleben. Mein Pianino, meine Babuschka und Pastilas, das waren die wenigen schönen Harmonien meiner Kindheit gewesen.

»Ich weiß«, sagte Claudia schmunzelnd. »Von der Homepage.«

Da fiel es mir wieder ein. Bei einem Interview für die Homepage des Orchesters hatte ich ein paar persönliche Details aus meiner Vergangenheit erzählen sollen. Pfiffig von ihr, dass sie mein liebstes Gebäck zum Einstand mitgebracht hatte.

Ich warf einen Blick auf meine Uhr. »Vielen Dank! Dann beginnen wir jetzt mit der Probe, in zwei Stunden kommen die Kinder. Der Tag hat ja schon einmal sehr gut begonnen«, sagte ich und lächelte Claudia an.

Doch am Nachmittag ging es mit den Kindern eher zäh weiter. Der Chor erinnerte mich an einen nervösen Bienenstock kurz vor dem Ausschwärmen. Teilweise schwoll das Geflüster aus den hinteren Reihen zu einem unruhigen Brummen an, sodass die Leiterin durchgreifen musste wie ein Kommandant beim Feuerwehreinsatz. Ich beriet mich mit ihr.

Das Gemurmel verstummte, als ich mich von meinem Platz am Klavier erhob. »Wer von euch kennt Shake it off von Tylor Swift?«. Ein begeisterter Aufschrei ging durch das Volk.

»Dann los!« Ich begann in die Tasten zu hämmern, dabei laut mitsingend.

Die Kinder lachten, tanzten, sangen lauthals mit und durften ihre aufgestaute Energie loswerden. Die Violinen und Cellos setzten ebenfalls ein und das ernsthafte Kammerorchester jammte ausgelassen wie eine Rockabilly Band. Als ich zu Claudia hinübersah, lachten wir uns vergnügt an.

Schließlich war die wilde jugendliche Anspannung verpufft und wir konnten die feinen, leisen Töne anschlagen.

Perhaps Love, das Lied über die Liebe schlechthin, welche einem in stürmischen Zeiten des Lebens Halt, Schutz und Trost zu geben vermag. Dieses Musikstück gesungen von dreißig hellen Kinderstimmen wie ein Engelschor ergriff mich sehr und bescherte uns allen einen magischen Moment. Ich schielte beiläufig zu Claudia hinüber. Bildete ich es mir ein, oder wandte sie tatsächlich ihren Blick blitzschnell von mir ab? Aber vielleicht war meine Wahrnehmung nur von einem abwegigen Wunschgedanken getrübt.

Am Ende des Tages kam noch der Pressefotograf. Kinder und Orchester wurden neben und hinter dem Flügel um mich herum drapiert.

»Und du schickst mir die Bilder wieder, ja?«, vergewisserte ich mich beim Fotografen. Da ich aus meiner Kindheit und Jugend so gut wie keine Fotos besaß, war ich darauf bedacht, wenigstens von meiner jüngeren Vergangenheit Erinnerungen zu sammeln.

»Ja klar, wie immer«, antwortete er.

In den folgenden Wochen bemühte ich mich, Claudia gegenüber so neutral zu bleiben wie die Schweiz und emotional so kühl wie Spitzbergen. Das war leichter gesagt als getan, denn allein ihr Erscheinen bei jeder Vormittagsprobe zauberte mir ein Lächeln ins Gesicht und meine Laune besserte sich.

Sie war eine begabte Musikerin und natürlich beobachtete ich sie besonders, da sie neu bei uns war, und widmete ihr viel Aufmerksamkeit.

»Claudia, bitte etwas leiser, ja. So ist gut.«

»Nein, nein. Claudia, das muss schneller sein, Takt 626-628 noch einmal bitte«

»Claudia, das war super, bravo!«

Ganz vertieft steckten wir mitten drinnen in Mozarts Sinfonie Nr.25. Es war schon spät am Nachmittag und ich hatte die Dauer der Probe wieder einmal überzogen, doch es war noch nicht perfekt.

An einer entscheidenden Stelle sollten die Cellisten lauter klingen als die anderen Instrumente und ich sagte: »Vierter Takt vor Fortissomo. Violinen viel leiser. Oboen etwas leiser. Claudia, lauter bitte. Ich meine natürlich alle Cellisten, lauter bitte, sorry.« Schmunzelnd wischte ich mir mit dem Handrücken über die Stirn.

»Jetzt heißen wir schon alle Claudia, na toll«, schmollte Cellist Nummer 1 und Claudia lachte herzlich auf.

»Danilo, ich glaube, du brauchst eine Pause«, sagte sie keck und warf mir einen schelmischen Blick zu, der meinen Puls beschleunigte.

»Zehn Minuten«, sagte ich und wandte mich lächelnd ab.

Ich musste mir eingestehen, dass Claudia mehr Raum in meinen Gedanken einnahm, als gut für mich war, und fragte mich, wie ich das wieder abstellen sollte.

8 Trommeln, Scheppern und Klopfen

Ein Donnerschlag ließ mich aus meinen Gedanken hochschrecken.

»Das weckt Tote!«, rief Marc und hämmerte auf ein Tambourine ein.

»Oder es macht Tote«, antwortete Michael schief grinsend und legte die rechte Hand auf sein Herz.

Marc schaffte eine Auswahl an durchdringenden Gegenständen aus der Höhle heran: metallene Topfdeckel, eine Trommel mit Schellen, einen Eisenkessel samt Kelle.

»Es bleiben schätzungsweise noch drei Stunden bis zur Dämmerung«, sagte er und deutete in den Himmel, wo die Sonnen den Zenit bereits überschritten hatten.

»Ja, natürlich«, antwortete ich und stand sofort auf. Wir mussten wieder los.

Das Trommeln, Scheppern und Klopfen vertrieb die unheimliche Stille wie der Wind einen Haufen Asche. Das konnte allerdings nichts daran ändern, dass ich mich im Wald noch unbehaglicher fühlte als heute Morgen. Durch das stramme Gehen war ich ins Schwitzen geraten und die feuchte Kälte kroch mir den Rücken hinunter, wo sie mir Schauer verursachte.

»Hört mir mal zu«, rief Michael, der das Schlusslicht bildete, unseren Krach übertönend.

Doppelschlag – Pause – Schlag – Pause – Schlag

Doppelschlag – Pause – Schlag – Pause – Schlag

Doppelschlag – Pause – Schlag – Pause – Schlag

Dann stimmte er mit seiner sonoren Stimme den Elvis Song *It's now or never* an, dessen Rhythmus perfekt in den

Beat unserer Topfdeckeln und Trommeln passte. Wir stimmten ein und sangen laut mit.

»Auf der Erde habe ich in meiner Heimatstadt Memphis als Elvis-Imitator Erfolge gefeiert«, erzählte Michael danach lachend. »Mein Künstlernamen war ›King Michael‹.«

Elvis und Michael schafften es, meine Beklemmung ein wenig zu vertreiben, und ich hoffte inständig, dass die Hexe nun endlich erscheinen würde.

Abrupt blieb Tom, der wieder vorangegangen war, stehen und deutete uns anzuhalten und ruhig zu sein. Ungefähr zehn Schritte vor uns saß ein schwarzer Vogel auf einem Ast.

»Ein Rabe!«, flüsterte er.

Als wir uns sachte näherten, reckte das Tier uns den Kopf fahrig entgegen. Mit weit aufgerissenen Augen versuchte es uns alle gleichzeitig im Blick zu behalten.

Da vernahm ich links von uns das Knistern spröder Blätter am Waldboden, heimliche Schritte, die kein Geräusch machen wollten. Fieberhaft wandte ich mich auf die Seite und spähte angestrengt in das undurchdringliche Gehölz. Ich unterdrückte den Wunsch, mich hinter Tom zu verstecken, und bewegte mich mit angehaltenem Atem auf eine mannsdicke Eiche in unmittelbarer Nähe zu, hinter der das Geräusch seinen Ursprung genommen hatte. Nur noch ein Schritt trennte mich von dem Baum, da steigerte sich das gedämpfte Geraschel zu einem unüberhörbaren Knacken, wie von einer hastig davoneilenden Person. Atemlos schoss ich um das Gehölz, doch ich konnte keinen Deut einer Gestalt ausmachen. Überall sah ich nur Baum um Baum. Angespannt lauschte ich. Da durchschnitt der gellende Schrei des Raben hinter mir die Luft, als er unter weithin vernehmlichem Flügelschlagen davon flatterte.

Danach herrschte wieder absolute Grabesstille um uns herum.

»Vielleicht waren wir jetzt sogar zu laut«, sagte Tom, »und haben sie verschreckt.«

Ich fühlte mich ohnmächtig wie ein Segler während einer plötzlich eintretenden Flaute. So knapp waren wir an ihr dran gewesen!

»Lass uns morgen wieder mit den Trommeln gehen, aber lieber nur zu zweit und ohne so viel Krach zu machen«, sagte Tom. »Dann zeigt sie sich bestimmt.«

Resigniert nickte ich und folgte der Gruppe als Schlusslicht mit hängenden Schultern, bis wir kurz darauf wieder die Lichtung erreichten.

Michael zeigte mir eine Stelle nahe der Höhle, an der eine Quelle entsprang und wo ich mich waschen konnte. Das Wasser erfrischte meine erschöpften Beine und danach saß ich in eine wärmende Decke gehüllt auf einem Stein und beobachtete den leise dahinplätschernden Bach. Meine Gedanken kehrten zurück zu Claudia.

9 Happy Birthday

Am Dienstag, den 10. November 2016, standen zum Beginn der Probe die Blasinstrumentenspieler auf und gaben einen dreifachen Tusch für mich.

Ich war erfreut über diese nette Geste zu meinem dreißigsten Geburtstag und verkündete, dass es um 17 Uhr belegte Brötchen und Sekt für alle geben würde, die ich beim legendären Wiener Feinkostgeschäft Trześniewski *bestellt hatte. Das bedeutete automatisch auch, dass die Probe ausnahmsweise pünktlich enden würde, was das Orchester mit einem weiteren Tusch honorierte.*

Fahrplanmäßig wurden die Leckereien zum Ende der Probe geliefert. Walentin, unser Konzertmeister, erhob sich von seinem Platz. »Lieber Danilo. Was darf beim dreißigsten Geburtstag eines jungen russischen Maestros natürlich nicht fehlen? Nein, nicht Wodka«, überging er den Einwurf aus den hinteren Reihen. *»Selbstverständlich die* Tscheburaschka. *Diese spielen wir nun in der von uns eigens für dich kreierten Wiener Version.«*

Wie oft hatte ich das Lied zu meinen Geburtstagen schon gehört? Unzählige Male. Es gehörte zu russischen Geburtstagsfeiern dazu wie Stille Nacht *zu Weihnachten. Es stammte ursprünglich aus einem Zeichentrickfilm über ein Fantasiewesen, das durch widrige Umstände seine Heimat verlor und sich in einem unbekannten Land allein durchschlagen musste.*

In meiner Jugend hatte ich mich häufig wie dieser entwurzelte Sonderling gefühlt und deshalb rührten mich die melancholischen Harmonien aus meinem Geburtsland sehr. Ich musste tief durchatmen.

»Vielen Dank, damit habt ihr mich wirklich überrascht. Im Original wird das Lied übrigens von einem Krokodil mit einer

Ziehharmonika gespielt, aber eure Version war auch wirklich gut!«

Danach erhielt ich noch eine vergoldete Armbanduhr vom Orchester, in der Hoffnung ich würde den Wink verstehen, und der Intendant hatte eine Torte organisiert, die mit einem Taktstock aus Marzipan dekoriert war. Wir stießen mit Sekt an, ich wurde hochgelobt und dann aßen wir Kanapees. Ich freute mich, dass der Fotograf von der Pressestelle auch gekommen war und ein paar Fotos machte.

Gegen 19 Uhr war die Feier zu Ende, die meisten Kollegen hatten sich bereits verabschiedet und ich packte meine Sachen zusammen.

»Danilo?« Ich erkannte die Stimme sofort. Erfreut, aber auch mit einem aufgeregten Ziehen im Bauch, drehte ich mich zu Claudia um.

»Hier ist noch eine Kleinigkeit für dich«, sagte sie leise und sah mir erst in die Augen, dann senkte sie ihren Blick rasch. Sie reichte mir einen weißen Umschlag, der mit einem grünen Geschenkband verschnürt war.

Was für eine unerwartete Überraschung. »Echt? Danke! Da bin ich aber neugierig.« Ich entfernte die Schnur und öffnete das Kuvert, in dessen Inneren ich etwas Festes verspürte, vermutlich ein Billet. Nein, es waren Fotos. Ich nahm sie heraus und vor Überraschung wurden mir die Knie weich. Ich ließ mich in den Stuhl hinter mir fallen.

»Wo hast du die nur her, um Gottes willen?«

Es waren verloren geglaubte Fotos aus meinen Kindheitstagen. Auf dem ersten Bild posierte ich als ganz kleiner Junge neben einem überdimensionalen Flügel und hielt mit ernstem Gesicht eine Siegerurkunde und eine Medaille in die Kamera.

51

Auf der Rückseite des Bildes war die Jahreszahl 1990 aufgedruckt.

»Da war ich fünf. Das war in Köln, es muss einer meiner ersten Wettbewerbe gewesen sein. Ich habe damals alles abgeräumt«, murmelte ich.

Auf dem nächsten Bild war ich zusammen mit meinen Eltern und meiner Oma abgelichtet, bei derselben Veranstaltung. Sie standen stolz hinter mir, Mutter hatte beide Hände auf meine Schultern gelegt. Meine Oma schaute so ergriffen wie eine Hollywood-Diva, die gerade einen Oscar gewonnen hatte. Jetzt musste ich lächeln, aber auf dem Bild verzog ich keine Miene. Lange starrte ich es an, bis ich schließlich beim Blick auf das letzte Foto noch einmal ganz tief durchatmen musste.

»Nikolaj«, sagte ich und strich gedankenverloren mit meinen Fingerspitzen über das Papier.

Zwei lachende dunkelhaarige Jungen, die sich bis aufs Haar glichen, einschließlich der Kleidung. Ich erinnerte mich, dass Mutter uns bei den Wettbewerben immer in kratzige Flanellhosen und hellblaue Hemden gesteckt hatte. Nikolaj hatte seinen Arm um mich gelegt, als ob er mich jeden Moment in den Schwitzkasten hinunterziehen würde.

Fast hatte ich vergessen, dass Claudia neben mir stand. Sie schob einen Stuhl neben meinen und setzte sich. »Da lachst du endlich mal.«

»Ja«, sagte ich abwesend.

»Du bist in Köln aufgewachsen?« fragte sie.

»Ja, geboren in Russland, aber meine Eltern sind mit uns nach Deutschland ausgewandert, als wir ein Jahr alt waren. Oma ist auch mitgekommen.«

»Die Oma mit den Pastilas?«, fragte sie schmunzelnd. Ich nickte, dann zeigte sie auf das Bild von Nikolaj und mir. »Das ist so ein süßes Foto. Ich wusste nicht, dass du einen Zwillingsbruder hast. Ihr gleicht euch wie ein Ei dem anderen.«

»Aber innerlich waren wir schon als Kinder wie Yin und Yang, wir ergänzten uns perfekt. Meine Oma sagte immer, wir seien wie zwei Puzzleteile, die nur zusammen ein sinnvolles Bild abgeben. Er war ein draufgängerischer Spitzbub und der Anführer der Rasselbande. Ich dagegen war musikalisch hochbegabt und in praktischen Dingen ungeschickt. Nikolaj wollte stets, dass ich ihn auf die Streifzüge durch die Wälder hinter unserem Haus begleite, aber Lust hatte ich fast nie. Wenn ich mal mitkam, dann schleppte ich zumindest immer eine Violine mit. Die anderen Jungs trauten sich aber nicht mich auszulachen, weil sie es sonst mit Nikolaj zu tun bekommen hätten!« Bei der Erinnerung daran musste ich lächeln.

»Du hast ja früh mit der Musik begonnen.«

»Das ist wahr. Ich glaube, mein Vater brachte uns schon mit vier Jahren die ersten Lieder am Klavier bei. Für Nikolaj war das allerdings nichts. Er spielte lieber Fußball, aber für mich war es das größte. Übrigens war mein Vater Violinist und meine Mutter spielte Cello, im Kölner Sinfonieorchester.«

»Besonders zufrieden schaust du aber nicht drein, mit deiner Siegerurkunde und deiner Medaille.«

»Hm, tatsächlich war ich die meiste Zeit in meiner Kindheit auch gar nicht glücklich. Die Ehe meiner Eltern begann früh zu kriseln. Sie stritten sehr oft und so laut, dass wir nachts kaum einschlafen konnten. Dann wechselte ich in Nikolajs Bett und wir drückten uns voll Kummer aneinander. «

»Oh, das tut mir aber leid!«, sagte Claudia.

»Das muss es nicht, denn weißt du, was mein größter Trost damals war? Die Musik. Sie elektrisierte mich und ich fühlte mich besonders, so als ob die Klänge, die ich hervorbrachte, größer waren als ich selbst. Und je schlimmer die Streitereien in der Familie wurden, desto mehr vertiefte ich mich in meine Übungen am Klavier. Die Musik war mein Rettungsanker, so wie es für meinen Bruder der Sport, die Bewegung, das Klettern und das Raufen war. Vater und Mutter sahen es beide gerne, wenn ich so fleißig übte und waren dann stolz und friedlich vereint. Zumindest eine Zeit lang.«

»Und wo ist dein Bruder jetzt?«

Ich schwieg zwei Sekunden, dann atmete ich tief durch und sagte: »Das weiß ich nicht. Als meine Eltern sich trennten, wir waren ungefähr sechs Jahre alt, zog mein Vater mit mir und Oma nach New York. Meine Mutter blieb mit Nikolaj zunächst in Deutschland. Was danach aus ihnen geworden ist, weiß ich nicht. Briefe, die ich an unsere alte Adresse geschrieben hatte, kamen mit dem Vermerk ›Empfänger unbekannt‹ zurück.«

Und nach kurzem Schweigen fuhr ich nachdenklich fort: »Heute ist auch sein 30. Geburtstag. Was er wohl jetzt gerade macht? Ob es ihm gut geht? Ich hoffe, dass er heute mit guten Freunden feiert.«

An Nikolaj zu denken schmerzte und ich fühlte mich plötzlich nicht wie dreißig sondern mindestens sechzig Jahre. Claudia sah mich so bekümmert und mitfühlend an, dass ich beschwichtigend meine Hand auf ihre legte und sie tapfer anlächelte.

»Aber das ist alles so lange her, ich will dich nicht mit meinen alten Geschichten belasten. Ich danke dir sehr für diese Bilder, du kannst dir nicht ansatzweise vorstellen, wie wertvoll sie für mich sind. Wo hast du die eigentlich aufgetrieben? Und warum?«

»Der Fotograf hat mir erzählt, dass du keine Erinnerungsfotos an früher hast. Und dann habe ich bei der Pressestelle nachgefragt, die hat die Fotos nach einer Recherche organisiert. Es war eigentlich recht einfach.«

»Mir fällt auf, dass du ganz schön raffiniert bist.«

»Danke.«

Sie schenkte mir ihr unwiderstehliches Zauberlächeln und auf einmal waren sich unsere Lippen ganz nah. Mein Blick versenkte sich in ihrem und die Versuchung, mich ihr noch diese letzten paar Zentimeter zu nähern und sie zu küssen, war beinahe übermächtig. Doch nur beinahe, denn ich besann mich, verharrte und ließ den gefährlichen Moment vorüberziehen. Ich löste meine Hand von ihrer und strich ihr einmal ganz sanft über die Wange, ehe ich durchatmete.

»Danke für dieses unglaublich liebe Geschenk. Ich glaube, wir sollten jetzt besser auch nach Hause gehen.«

»Danilo«, holte mich Michaels Ruf wieder in die Realität.

»Hier bin ich«, rief ich, stand vom Bachufer auf und ging zu den anderen zurück.

Michael schaute prüfend in den Himmel. »Noch ungefähr eine Stunde bis zur Dämmerung.«

»Und heute? Was spielt ihr?«, fragte ich.

»*Die Vier Jahreszeiten*, diesmal aber den *Frühling*.«

Ich erinnerte mich an den Abend zuvor. »Gestern beim Hauptthema haben die Lichtwesen innerlich geleuchtet, als würde ihr Pulsschlag sich erhöhen, hast du das auch gesehen? Wie wäre es, wenn ihr etwas anderes spielen würdet, etwas sehr Melodisches? Vielleicht reagieren sie dann noch stärker, das wäre doch ein interessanter Versuch. Wie wäre es mit einem Song von Elvis? Das hat doch gestern im Wald auch wunderbar geklappt.«

In der nächsten Stunde half ich ihnen eine passable Version von einem Elvis-Klassiker zu arrangieren. Selbst mitzuspielen kam für mich nicht in Frage, denn in die Musik legte ich immer meine innigsten Gefühle. Im Moment spürte ich in mir drinnen nur Disharmonie, Chaos und Schmerz. Ich wusste, diese Empfindungen würden sich im Spielen verstärken, was ich kaum ertragen könnte.

Es wurde dunkel und die Musiker stellten sich auf wie geprobt. Die Melodie fing an und als Michaels tiefe Stimme einsetzte, fühlte sich mein Herz mit einem Schlag so bleiern an, dass mir das Atmen schwer fiel. Der Wortlaut des Liedes *Always On My Mind* schien wie für mich verfasst worden zu sein. Die Erinnerung an Claudias Lächeln, an ihre Stimme und ihren Blick beherrschten jeden meiner wachen Gedanken. Hatte ich ihr jemals gesagt, wie glücklich sie mich machte? Würde ich noch einmal im Leben die Chance dazu erhalten?

Ich hatte völlig vergessen auf das Vibrieren der Luft und das Erscheinen der Lichtwesen rund um uns zu achten und als ich hochblickte, sah ich, dass sie schon hier waren. Hinter Michael schwebten drei Lichtwesen. Das eine mit dem rötlichen Schein und die beiden anderen, die mit der stimmungsvollen wunderschönen Musik golden zu strahlen begannen. Christine deutete mit einem heftigen Kopfnicken nach oben und ich erschauerte, denn über uns sah ich vier weitere Lichtwesen, die schwebend über unseren Köpfen Kreise zogen. Im Inneren der flimmernden Verzerrungen wirbelten Lichtreflexe wie Scheinwerfer vorbeisausender Autos auf einer nächtlichen Autobahn.

Da tauchten sogar noch ein fünftes und ein sechstes Wesen über uns auf. Manche kamen sehr nahe an uns heran, man könnte meinen aus Neugierde. Eines befand sich so unmittelbar neben mir, dass ich tief in sein gallertartiges Wesen blicken konnte. Sah ich da tatsächlich ein verzerrtes menschliches Gesicht? Oder hatte ich mich geirrt? Meine Nackenhaare stellten sich auf.

Da die Lichtwesen offensichtlich Gefallen an der Darbietung fanden, improvisierten die Musikanten und zogen das relativ kurze Stück in die Länge, begannen mehrmals von vorne und legten ein paar Instrumental-Solostellen ein. Je sonorer und schmalziger Michael die Töne sang desto heftiger erstrahlten die Gestalten und zogen ihre

Bahnen über uns wie die Wagen des Olympia Loopings auf dem Münchner Oktoberfest.

Schließlich war es nach einer gefühlten halben Stunde genug und Michael gab das Zeichen zum Ende. Ein Wesen nach dem anderen löste sich vor unseren Augen in Luft auf.

Das rötlich leuchtende Wesen schwebte auf den steinernen Tisch zu und hüllte ihn mit seinem Lichtschein ein, der in solcher Helligkeit erstrahlte, dass ich die Augen schließen musste. Erst nach ein paar Sekunden erlosch der letzte Schimmer und ich konnte die Augen wieder öffnen. Das Wesen verschwand so wie die anderen.

Mehrere breite Tontöpfe standen auf der Tafel, einer war mit Honig gefüllt und ein anderer mit Butter. Es gab einen Teller mit verschiedenen Käsesorten, Nüssen und Trauben. Zu Marcs Freude hatte das Wesen neben dem Brot auch flaumigen Apfelkuchen und einen enormen Pott von süßen, eingelegten Früchten dagelassen. Offenbar belohnte die rötlich schimmernde Lichtgestalt die besondere Vorstellung.

Wir aßen im Schein des Lagerfeuers, besprachen den morgigen Streifzug durch den Wald und meine chronische Appetitlosigkeit ließ sich durch die Süße des Kuchens und der eingelegten Früchte ein wenig lindern.

»Michael, wovor haben dich die Lichtwesen gerettet?«, fragte ich.

Michael zögerte und kratzte sich am Hinterkopf. »Ich war auf der Flucht vor der Polizei, die mich aufgrund eines dummen Missverständnisses verfolgte. Wie es so ist im Leben, eines führte zum anderen und plötzlich fand ich mich in einer filmreifen Verfolgungsjagd wieder. Aber wenn dich vier Polizeistreifen quer durch Memphis jagen, dann kannst du an einem gewissen Punkt nicht einfach stehen bleiben und um ein ruhiges vernünftiges Gespräch bitten. Ich weiß noch ganz genau, wie ich in meinem Pick-up Truck den Highway hinunter raste und die ganze Zeit inbrünstige Gebete murmelte, dass mich irgendein Wunder oder eine überirdische Macht aus meinem ausweglosen Dilemma erretten möge.

Als es richtig knapp wurde, denn die Cops hatten mit ihren Waffen sogar schon das Feuer auf mich eröffnet, sah ich plötzlich dieses leuchtende Portal, das sich wie aus dem Nichts vor mir auftat. Ich zögerte keine einzige Sekunde und trat sofort hindurch. So kam ich hierher und ich habe diesen Schritt niemals bereut, denn hier habe ich ein neues Zuhause gefunden«, antwortete er und ergriff Susanna zärtlich an der Hand. »Hier habe ich alles, was ich zum Leben benötige und von ganzem Herzen liebe: meine Musik und mein Mädchen.«

»Die Lichtwesen haben offensichtlich einen guten Musikgeschmack und eine Schwäche für Liebeslieder, genau wie ich«, sagte Susanna lächelnd und küsste Michael hingebungsvoll.

›Und wie ich auch‹, dachte ich bei mir und war mit meinen Gedanken schlagartig wieder bei Claudia.

11 Eine kleine Nachtmusik

Am 30.Dezember 2016 stand am Vormittag die Probe zu Mo-
zarts Kleiner Nachtmusik *auf dem Programm, dem letzten*
Konzert des Jahres. Ich versuchte mich auf meine Aufgabe zu
konzentrieren, doch meine Gedanken schweiften dauernd ab.
Nach dem abendlichen Auftritt würden alle ein paar Tage frei
haben und die Stimmung im Orchester war ausgelassen, der
Sekt für die Feier am Abend schon kaltgestellt. Ich wollte nur
kurz teilnehmen, denn mein Vorsatz war, Claudias Nähe so weit
wie möglich zu meiden. Dies umzusetzen fühlte sich freilich so
schwer an wie ein Marsch durch die Wüste mit einer Wasserfla-
sche im Gepäck, von der man nicht trinken durfte.

Ich stellte die Arbeit in den Mittelpunkt meines Lebens, doch
Claudia tauchte wie die unaufhaltsame Flut immer wieder in
meinen Gedanken auf. Schon morgens beim Frühstück erwischte
ich mich dabei, wie ich mich auf ihr fröhliches Lachen freute. Ihre
Überraschung zu meinem Geburtstag war so lieb gewesen!
Mittlerweile hatte ich die Bilder in goldenen Rahmen auf mei-
nem Flügel zu Hause platziert.

Da machte eine unüberhörbare Taktunreinheit der Cellisten
meinen Vorsatz zunichte. Ich wandte mich ihnen zu, um besser
hinhören zu können. Sofort begann meine mir selbst auferlegte
Disziplin zu schwächeln. Ich stand direkt vor den Cellisten,
wenige Schritte vor Claudia, und sah wieder einmal nur sie,
betrachtete ihre anmutige Haltung und ihr konzentriertes Ge-
sicht.

Claudia sah von ihren Noten auf und schaute mir in die Au-
gen. Unsere Blicke hingen ineinander und ich entdeckte eine
liebevolle Zärtlichkeit, die mir vorher noch nie aufgefallen war.
Da war es wieder, ihr sanftes Lächeln, das ich unwillkürlich

erwiderte. In meinem Bauch machte sich ein gewaltiges Kribbeln breit, als ob tausend Schmetterlinge gerade geschlüpft wären.

Und da geschah es. Claudia verpasste ihren Einsatz, realisierte es den Bruchteil einer Sekunde später und setzte danach an der falschen Stelle wieder ein. Verloren zwischen den Zeilen der Partitur hörte sie ganz zu spielen auf, woraufhin die anderen Cellisten durcheinander kamen und wie in einer zerrissenen Kette einer nach dem anderen ebenfalls einhielt. Einen Moment lang herrschte eine ratlose Stille. Die Cellisten sahen sich gegenseitig überrascht an, als wüssten sie gar nicht, wie ihnen so etwas hatte passieren können.

Als die verborgene Verbindung zwischen Claudia und mir unterbrochen wurde, fühlte ich mich erschöpft und es drängte mich sofort den Raum zu verlassen. Mit einem Blick auf meine Uhr murmelte ich eine hastige Entschuldigung und beendete mit kurzen Worten die Orchesterprobe dieses Nachmittags. Ohne mich noch einmal umzudrehen, ging ich rasch hinaus.

Ich eilte in die Verwaltungsräume, in denen ich ein Büro mit einem Klavier und einem Schreibtisch hatte, um Partituren durchzuarbeiten oder in kleinem Rahmen zu proben. Die Tür fiel hinter mir zu und ich atmete tief durch. Ich setzte mich an den Flügel und spielte, spielte, spielte, denn dies war das Mittel, um mich wieder zu sammeln und meine aufgewühlten Gedanken und Gefühle zu beruhigen. Ich wusste nicht, wie lange ich so vollkommen selbstvergessen am Klavier gesessen hatte, als es plötzlich an der Tür klopfte. Das war nicht ungewöhnlich, denn mein Konzertmeister Walentin und die anderen Kollegen aus dem Orchester wussten, dass sie bei Fragen jederzeit zu mir kommen konnten, was sie auch häufig taten.

»Herein«, rief ich und zu meiner Überraschung stand Claudia mit Noten in den Händen an der Tür. Einen Moment lang schwiegen wir beide. »Hast du kurz Zeit für mich?«, fragte sie endlich.

»Aber sicher, komm.«

Ich blieb auf dem Schemel an meinem Flügel sitzen und deutete ihr am Schreibtisch Platz zu nehmen. Sie ließ sich nieder und kaute nervös an ihrer Unterlippe. Eine Strähne hatte sich aus ihrem Haar gelöst, das sie in einem hohen Zopf nach hinten gebunden trug. Sie sah entzückend und ein wenig aufgewühlt aus.

»Schön, dass du mich besuchen kommst«, sagte ich.

»Es tut mir leid, ich habe mich heute verspielt. Ich wollte dich fragen, ob du mir vielleicht dabei helfen könntest?« Und sie zeigte auf das Notenbuch. »Ich habe diese eine Stelle jetzt im Anschluss immer wieder geübt, aber ich bin nicht sicher, wie der Abschnitt im dritten Satz zu spielen ist.« Sie breitete das Buch auf dem Tisch aus.

Ich nahm in möglichst weitem Abstand neben ihr Platz, sodass ich gerade noch auf die Noten sehen konnte. Sie rückte ein wenig näher zu mir und wies auf die entsprechende Passage. Ein Hauch von ihrem zarten Parfum stieg mir in die Nase. Am liebsten hätte ich mein Gesicht an ihre Halsbeuge gedrückt, um mehr von diesem Pfirsichduft in mich aufzusaugen. Ich stoppte das Kopfkino und konzentrierte mich mit maximaler geistiger Anstrengung auf das Gewirr der Noten, Pausen und Vorzeichen vor mir.

»Siehst du, hier. Wie geht das richtig? Bam – bada – Pause – dam – da - dada? Oder Bamba – Pause – dadam — dada?«, sprach sie mir hochkonzentriert den Rhythmus der Passage vor.

Sie entzückte mich und ich musste sie unwillkürlich anlächeln. »Darf ich?«

Ich nahm einen Bleistift zur Hand, der auf dem Schreibtisch lag, und zog das Notenbuch etwas näher zu mir, in das wir, nun eng aneinander sitzend, vornübergebeugt schauten. Ich summte die Melodie und malte gleichzeitig Striche als Interpunktionszeichen in das Heft.

»Bambada – Pause – damda – Pause – badadam - Bambada und so weiter. Siehst du?«, fragte ich und legte den Stift wieder ab. »Da hat Mozart ein paar Fettnäpfchen für das Cello eingebaut.« Ich zwinkerte ihr zu.

»Ja, das stimmt«, antwortete sie, erwiderte mein Lächeln und wir sahen uns tief in die Augen.

Auf einmal näherten sich unsere Gesichter wie von selbst einander. Da war abermals dieser Pfirsichduft, der mir so den Verstand raubte. Langsam schloss sich der letzte verbliebene Abstand zwischen uns und ich fühlte, dass wir uns im nächsten Moment küssen würden. Als sich unsere Lippen ganz zart berührten, war es wie eine Offenbarung, die meinen ganzen Körper in Aufruhr versetzte. Ich küsste sie ganz langsam, behutsam und abwartend, bis ich zu meiner Freude spürte, dass sie meinen Kuss erwiderte. Vom Saal unter uns hörte ich Töne der Kleinen Nachtmusik zu uns hereindringen, oder war diese Musik nur in meinem Kopf?

Im nächsten Moment klopfte es an der Tür und wir fuhren auseinander.

»Ja, bitte!«, rief ich und der Konzertmeister Walentin trat ein.

Als er Claudia sah, schaute er einen Moment lang irritiert zwischen uns hin und her. »Oh, Entschuldigung. Störe ich?«, fragte er.

Ich sprang auf und ging vom Schreibtisch zum Flügel hinüber.

»Nein, nein, komm nur«, rief ich hastig. »Wir waren gerade fertig!«

Claudia stand nun ebenfalls eilig auf, nahm ihre Noten und verschwand an Walentin vorbei zur Tür hinaus.

»Ist alles in Ordnung?«, fragte er.

»Ja, natürlich, was soll denn sein?«, antwortete ich rasch.

Walentin zuckte mit den Schultern und wir sprachen über einige Details des abendlichen Auftritts, was mir höchste Konzentration abverlangte.

Ich ging erschöpft nach Hause und mein Magen fühlte sich flau an. Hatte ich heute überhaupt schon zu Mittag gegessen? Hunger verspürte ich jedenfalls keinen. Meine Gedanken kreisten um den heutigen Nachmittag. Die Empfindungen, die diese schüchterne, nur wenige Sekunden dauernde Zärtlichkeit in mir ausgelöst hatten, klangen wie eine überwältigende Sinfonie in mir nach. Ich sah ihren liebevollen Blick vor mir und bedeckte unwillkürlich meinen Mund mit den Fingerspitzen. Fast konnte ich ihre samtweichen Lippen noch auf meinen fühlen.

Doch halt, was machte ich denn da? Ich rief mich innerlich zur Räson. Ich wusste doch genau, dass mich Beziehungen beengten. Wie Schlingen, die sich um meinen Hals enger und enger zogen, sodass ich nicht anders konnte, als sie nach kurzer Zeit panisch abzustreifen. Übrig blieben danach nur Chaos, gebrochene Herzen und verletzte Gefühle. Das wollte ich Clau-

dia nicht antun! Um unser beider willen würde ich diese kleine Romanze in einem einfühlsamen Gespräch unter vier Augen beenden, noch bevor sie richtig beginnen konnte. Und zwar heute Abend, nach dem Konzert. Danach würde ich ein paar Tage nach Salzburg reisen, der Abstand würde uns gut tun.

Am Abend traf ich erst 30 Minuten vor dem Beginn des Auftritts ein, so spät wie noch nie. Das Orchester stimmte die Instrumente bereits und machte Auflockerungsübungen. Ich schaffte es, Claudia in der ganzen Zeit aus dem Weg zu gehen. Während der Vorführung vermied ich es, sie anzusehen, geschweige denn ihr direkt in die Augen zu blicken. Wer weiß, was dann wieder mit mir passiert wäre. Bei der Kleinen Nachtmusik konzentrierte ich mich auf die technischen Feinheiten und war heilfroh, als sie vorbei war.

Danach verabschiedete ich mich Backstage in einer kurzen Ansprache von meinem Orchester und endete mit den Worten: »… und wünsche all jenen, die morgen am Silvesterabend ihre letzte Zigarette rauchen, viel Erfolg und Durchhaltevermögen, ihr schafft das! Prosit euch allen, alles Gute im Neuen Jahr!«

Hinterher nahmen mich der Intendant und Walentin in Beschlag. Die ganze Zeit sah ich mich unauffällig nach Claudia um, denn ich wollte sie sprechen, behutsam und allein. Sie stand mit den Hornisten zusammen, lachte und unterhielt sich offensichtlich blendend. Vor allem ein junger Musiker, der Claudia gerade Sekt nachschenkte, klebte förmlich an ihr. Musste das sein? Meine Miene verfinsterte sich. Aber halt, ich wollte doch gar keine Romanze mit Claudia, sie sollte Spaß haben und glücklich sein. Ich sollte mich für sie freuen und nicht wie ein eifersüchtiger Romeo über sie wachen. Vielleicht erwiderte sie die

Gefühle ja gar nicht, die ich für sie hegte, und alle meine Sorgen und Schuldgefühle ihr gegenüber waren vollkommen unnötig. Wahrscheinlich hatte ich sie am Nachmittag mit dem Kuss überrumpelt und sie hatte ihn ganz perplex nur geduldet.

»Danilo? Was sagst du dazu?«, riss mich Walentin aus meiner Grübelei.

»Es tut mir leid, ich bin in Gedanken schon in Salzburg. Ich muss jetzt wirklich los, wir sehen uns in zehn Tagen. Alles Gute im Neuen Jahr, kommt gut rüber!«

Wir schüttelten uns die Hände und ich verließ die Feier, ohne noch einmal mit Claudia gesprochen zu haben. Vielleicht war es besser, sie nicht aus ihrem schönen Abend zu reißen, sie hatte sich ihn redlich verdient. Ich wollte ihn nicht mit ernsten Worten, die möglicherweise noch nicht einmal etwas zu bedeuten hatten, ruinieren.

Nach meiner Rückkehr aus Salzburg führte mich mein erster Termin zum Intendanten, dem Geschäftsführer des Orchesters. Wir feilten an langfristigen Konzertplänen und als wir fertig waren, klappte ich meinen Laptop zufrieden zu.

»Oh, fast hätte ich es vergessen: Ich habe leider noch eine Hiobsbotschaft«, sagte er. »Der Aufsichtsrat setzt wieder mal den Sparstift an und beendet mit sofortiger Wirkung die befristeten Verträge, sowohl in der Verwaltung als auch im Orchester. Das heißt im Moment haben wir …« Er klickte in seinem Computer hin und her.»… ein Violoncello im Probejahr. Tut mir leid. Die betroffene Kollegin wird freigestellt. Aber sie ist definitiv eingeladen sich zu einem späteren Zeitpunkt wieder zu bewerben. Und du musst vorläufig mit der bisherigen Besetzung auskommen.«

»Das ist aber sehr bedauerlich«, antwortete ich. »Wo wird sie denn jetzt unterkommen?«

Er zuckte ratlos mit den Schultern.

Auf dem Heimweg gingen mir tausend Gedanken durch den Kopf. Ich fühlte mich, als hätte ich einen Verlust erlitten, den ich nicht in Worte fassen konnte. Arme Claudia, sie stand jetzt ohne Arbeit da.

Umgehend rief ich meinen besten Freund und Dirigentenkollegen Anton Iljin an, der seit längerer Zeit auch in Wien lebte und einen Vertrag mit dem Staatsopernorchester hatte. Er pflegte sehr gute Kontakte zur dortigen Verwaltung. »Anton, bitte stell mir keine Fragen. Aber du musst mir dringend einen Gefallen tun …«, sagte ich und schilderte ihm Claudias Lage.

Einige Tage später rief er mich zurück und berichtete mir zufrieden, dass es geklappt hatte. Claudia war eingeladen worden als Ersatz für ein Cello einzuspringen, welches kurzfristig ausgefallen war. Keine feste Stelle, aber das dieses Jahr wäre zumindest gesichert und sie hatte sofort angenommen.

Ich dankte ihm erleichtert und freute mich sehr für sie. Claudia hatte einen ausgezeichneten Arbeitsplatz und ich konnte mich wieder ausschließlich meiner Karriere widmen. Alle meine Probleme sollten sich nun eigentlich in Wohlgefallen aufgelöst haben, so dachte ich jedenfalls.

Ich nahm mir noch ein Glas voll von den süßen eingelegten Früchten und auch Marc schenkte sich erneut ein. Dann erzählte er von seinem Leben auf der Erde in Virginia, USA, das alles andere als schön verlaufen war. Von seinen leiblichen Eltern in Stich gelassen, wurde er als Kind von einer Pflegefamilie in die nächste weitergereicht. Seine einzige Freude war die Musik, denn mit Gleichaltrigen hatte er auch immer Probleme. Als Jugendlicher wurde er so heftig gemobbt, dass er kurz vor dem Freitod stand. In letzter Sekunde war er von dem Lichtportal aufgenommen worden und auf den hiesigen Planeten gelangt. »Und willst du nicht auch auf die Erde zurück? Ist es hier für dich nicht etwas eintönig und langweilig?«, fragte ich ihn, doch er schüttelte heftig den Kopf.

»Nein, auf keinen Fall. Susanna und Michael sind die Eltern, die ich auf der Erde nie hatte. Und Christine und Tom meine Geschwister«, antwortete er. »Und wer weiß, wer noch alles hierherkommen wird, im Laufe der Zeit. Da wird es nicht langweilig.« Da könnte er natürlich Recht haben.

Tom und Christine rückten am Feuer näher zusammen und schauten Schulter an Schulter sitzend in die Flammen. Christine probierte aus Toms Trinkgefäß und rief: »Das ist ja ein Rumtopf. Lecker.«

Da hatten wir nun also auch den Grund, warum ich einigermaßen entspannt war: Alkohol. Ich summte das Elvis-Lied von vorhin vor mich hin und Michael stimmte mit ein.

»Dann zeig mal, was du noch drauf hast.« Tom nahm seine Gitarre zur Hand und stimmte das nächste Stück an: *Love me Tender.*

Wir sangen einen Elvis Song nach dem anderen. Dann tanzten Michael und Susanna auf der Wiese, indem sie eng umschlungen hin und her wiegten. Tom hatte nur Augen für Christine.

»I can't help Falling in Love with You…«, hallte Elvis' Musik über eine Lichtung am Ende des Universums.

Schließlich zogen sich die beiden Älteren Händchen haltend zur Nachtruhe zurück. Tom und Christine legten sich nebeneinander ins Gras und schauten in den Nachthimmel hinauf. Die Monde waren bereits aufgestiegen und tauchten unsere Lichtung, in dessen Mitte der riesige Baum stand, in ein unwirkliches Dämmerlicht. Die beiden flüsterten miteinander. Was für eine romantische Szene das abgab. Schlagartig begann ich wieder darüber nachzugrübeln, was ich weiter unternehmen könnte, um von hier wegzukommen, zurück zu Claudia.

»Marc, kommt man eigentlich irgendwie auf den Baum hinauf?«, fragte ich auf den Riesenbaum deutend. Vielleicht könnten wir von dort oben Anzeichen »der Hexe« in Form von Licht oder Feuer entdecken.

Marc erhob sich schwankend. »Ja klar, komm mit!«

Ich stütze Marc, als wir zum Baum schlingerten. Die Monde und Sterne reichten als Lichtquelle aus. Der Stamm hatte einen Durchmesser von mehr als drei Armlängen und war innen teilweise hohl. An Wurzeln und wuchernden Ästen konnten wir wie auf einer natürlich gewachsenen Leiter hinaufsteigen.

In der Baumkrone angekommen schauten wir still hinauf, denn der Anblick des Himmels war atemberaubend und gestochen klar. Weit über uns im All funkelten Sterne und die beiden Monde strahlten wie frisch poliert. Ringsherum unter uns lag der Wald dunkel und still. Leider konnte ich keine Anzeichen der Hexe entdecken.

Wir suchten uns Sitzplätze, von denen aus wir einen guten Ausblick in den Himmel hatten und saßen aneinander gelehnt Rücken an Rücken in der erhabenen Baumkrone.

Marc sang leise *Fly me to the Moon* vor sich hin und ich stellte mir vor, wie schön und romantisch die Nacht in diesem Baum mit Claudia wäre. Vermutlich hatte sie mich bereits abgeschrieben. Die Wirkung des Alkohols hatte nun endgültig die nächste Phase erreicht. Mein Gedankenkarussel war wieder in Gang gesetzt und drehte sich sinnlos im Kreis.

Auf einmal hörte ich rechts über mir ein leises Rascheln und ich bog einen Zweig zur Seite, um besser hinauf sehen zu können. Da entdeckte ich drei Raben, halb hinter Blättern verborgen, die einen Meter über uns in einem Ast saßen wie auf einem Beobachtungsposten. Sie schauten mich mit weit aufgerissenen Augen an und drängten sich dicht aneinander wie Kinder, die beim Klauen erwischt worden waren. Ich machte Marc auf die Tiere aufmerksam, indem ich mit dem Zeigefinger auf sie deutete.

»Ha«, lallte Marc. »Raben.«

Ich erhob mich, um mir die Vögel aus der Nähe anzusehen. Wie magisch zogen mich ihre glänzenden schwarzen Federn an, ich wollte wissen, wie sie sich anfühlten.

Sie sahen so zart und unwirklich aus. Kurz zögerte ich, war das eine gute Idee? Ich müsste nicht einmal klettern, sondern mich nur ein wenig aus der Baumkrone lehnen, so dass ich den ersten Raben mit ausgestreckter Hand erreichen konnte.

So näherte ich mich langsam den Tieren, die sich noch enger aneinanderpressten. Natürlich ahnten sie, was ich vorhatte.

Mit der linken Hand hielt ich mich an einem stabilen Ast fest, verlagerte meinen Schwerpunkt leicht nach rechts und streckte meine Hand zu den Tieren aus. Ehe ich mit meinen Fingerspitzen das Ziel erreicht hatte, hob der Rabe, der in der Mitte saß, seinen Kopf wie zu einer Drohgebärde. Er öffnete seinen Schnabel und stieß einen schrillen, durchdringenden Schrei aus. Dies war das Signal zum Angriff. Die drei Vögel stürzten sich auf mich und mit einem Mal schienen überall nur noch Flügel und Schnäbel zu sein, die versuchten in mein Gesicht zu hacken. Ich schützte instinktiv meine Augen, indem ich mir beide Hände vor das Gesicht hielt, verlor aber dadurch das Gleichgewicht. Mein ohnehin fragiler Halt in der Baumkrone war verloren und ich stürzte an dicken, belaubten Ästen vorbei, die meinen Fall nicht aufhalten konnten, fast 20 Meter in die Tiefe.

13 Klappern und Murmeln

Ich befand mich in einem Zustand schwere- und körperloser Zufriedenheit, ein warmes Licht umgab mich und durchdrang mich abwechselnd hell, gold- und rotleuchtend. Es war schlichtweg gemütlich und friedvoll.

Ich genoss das freundliche, liebevolle Licht, den angenehmen Zustand meines Seins. Ich befand mich außerhalb von Zeit und Raum.

Einen Augenblick oder eine Ewigkeit später war es vorüber, die Behaglichkeit meiner heilen Glücksblase wurde durch banale Alltagsgeräusche gestört, die erst nur ganz leise waren, dann immer lauter wurden und mich in meinen Körper zurückholten. Ich lag am Rücken auf einer weichen Unterlage. Ich hörte ein Klappern wie von Tellern, die an einem Tisch abgestellt wurden, unverständliches Murmeln, sich nähernde Schritte.

»Guten Morgen, junger Herr, willkommen zurück«, hörte ich eine kratzige Stimme.

Ich versuchte meine Augen zu öffnen. Helles Licht böllerte durch meinen Kopf wie Blitzlichter abgefeuerter Kanonenkugeln und verursachten mir stechende Schmerzen. Ich blinzelte und vertrieb den letzten Rest meines wohligen Zustandes. Es kribbelte in meinen Fingern und Zehen, als würden die Nervenbahnen zu meinen entlegensten Körperstellen gerade neu durchstarten. Meine Augen mussten sich langsam an die Helligkeit gewöhnen.

In der Zwischenzeit plauderte die Stimme munter drauflos: »Du bist schon hinüber gewesen, mausetot. In mehreren Teilen wurdest du bei mir angeliefert, dein Kopf war gespalten wie ein zerplatzter Kürbis. Aber sorge dich nicht, jetzt bist du wieder das hübsche Kerlchen, das du früher gewesen bist«, sagte die Stimme.

Ich spürte, dass mir jemand über den Ellbogen strich, und zog meinen Arm reflexhaft enger an meinen Körper. Mit aller Willenskraft öffnete ich meine Augen und versuchte mich gleichzeitig aufzusetzen. Stechende Schmerzen wie Nadeln im Hinterkopf ließen mich wieder in meine Ausgangslage auf den Rücken zurücksinken.

Direkt vor mir stand eine kleine Frau mit schlohweißem Haar, deren wilde Locken zottelig bis zu den Hüften hinab hingen. Sie trug ein dunkelgraues, sackähnliches Kleid.

Ich lag in einem weichen Bett und war mit einer blumenbestickten Leinendecke zugedeckt. Um mich herum sah ich hellgraue Steinwände behängt mit einfachen, gewebten Teppichen.

»Wo bin ich?«, fragte ich matt.

Die Frau rückte auf der Bettkante sitzend näher an mich heran. »Du bist bei mir zuhause, in meiner Höhle. Mein Name ist Els.«

Ich erschrak über ihr faltenloses Gesicht und die starre Mimik. Trotz der glatten Haut wirkte sie nicht jugendlich. Ihr Antlitz glich dem einer alternden Schauspielerin nach einer missglückten Botox-Behandlung. Die hellgrauen Augen hatten etwas Kaltes und Starres an sich, wie Augen eines Fisches, die ausdruckslos aus einem Aquarium in die Welt hinaus glotzten.

Um das unangenehme Schweigen und Starren zu beenden, sagte ich: »Ich bin Danilo.«

Die blassgrauen Augen der Frau lagen immer noch auf mir und ich konnte ihren bohrenden Blick förmlich in mir spüren. Meine Privatsphäre fühlte sich allein schon dadurch verletzt.

»Das Letzte, woran ich mich erinnern kann, ist, dass ich aus meinem Aussichtsposten gefallen bin. Ein Schwarm Raubvögel attackierte mich, ich verlor das Gleichgewicht und stürzte hinunter«, fügte ich schnell hinzu, worauf sie spöttisch lächelte.

Sie streckte ihren rechten Arm aus und rief im Befehlston »Holle!«. Ein schwarzer Rabe tauchte scheinbar aus dem Nichts auf und landete krächzend auf ihrem Unterarm. Ich konnte nicht wortgetreu verstehen was er sagte, aber schockiert begriff ich, dass er zu mir sprach. Er lachte mich aus und verhöhnte mich aufs Gemeinste.

»Genug«, rief Els schließlich und schüttelte den Raben mit einer ausladenden Bewegung ihres Armes unsanft ab, sodass er sich nicht mehr halten konnte und wegfliegen musste.

»Meine gefiederten Freunde hier haben dich gerettet, indem sie Hilfe geholt haben. Die Lichtwesen haben deine Überreste vom Boden aufgesammelt und zu mir gebracht. Dann haben sie dich wieder zusammengesetzt. Den Rest hat dein eigener Körper gemacht.«

Schweigend betastete ich meinen Kopf, an dem alles normal zu sein schien. Ich konnte nichts Ungewöhnliches ertasten.

»Du bist kompletter als zuvor«, kommentierte sie meine Erkundungsgriffe.

Schneller als ich es verhindern konnte, hob sie die Decke hoch, unter der ich lag. Ich trug nur meine Hose, mein Oberkörper war nackt. Sie versuchte mir mit ihren Fingern über meine unbedeckte Seite zu streichen. So schnell und so weit es ging, rutschte ich von ihr weg, um ihrem unangenehmen Griff zu entgehen. Da bemerkte ich es.

»Wo ist die Narbe?«, fragte ich, denn mir war bei einer Operation vor zwei Jahren eine Niere entfernt worden. Eine schwere Operation, von der mir ein unübersehbares Wundmal geblieben war. »Das gibt es doch nicht!« Ich befühlte mit meiner Hand die Stelle.

»Ich sagte doch: Du bist vollkommener als zuvor«, wiederholte Els mit einem stolzen Lächeln. »Einen menschlichen Körper zu reparieren ist jedenfalls keine Herausforderung für die Lichtwesen. Du bist der perfekte Nachbau deiner selbst. Und sogar da oben sollte alles wieder da sein. Und dort auch.« Sie tippte sich mit ihrem Finger erst an den Kopf, dann ans Herz.

» Was habt Ihr gestern eigentlich für einen Krach im Wald gemacht?«, fragte sie.

Ich setzte mich vorsichtig auf, die eine Hand gegen meine Stirn und die andere gegen meinen Hinterkopf gedrückt, um den stechenden Schmerz zu lindern, den ich erwartete. »Wir haben nach dir gesucht.«

»Wirklich? Das ist das erste Mal seit vierhundert Jahren, dass mich jemand sucht.«

»So lang bist du schon hier?«

»Seitdem mich die Lichtwesen von einem brennenden Scheiterhaufen geholt haben.«

Ich sah sie fassungslos an.

»Ja, so mussten damals viele von uns sterben, denn wir hatten uns mit den ehrwürdigen Männern angelegt. Ritter, Fürsten, Lehensherren. Sie alle neigten dazu, Schwächere zu unterjochen und zu drangsalieren. Gleichgültig, ob es sich um unfreie Männer, Frauen, Kinder oder Tiere handelte. Oft benötigten sie einen kleinen Dämpfer, um ihren Platz in der Schöpfung richtig einzuordnen. Ja, das war jedes Mal eine besondere Freude«, lächelte sie, wobei ihr Gesicht einen mädchenhaft schelmischen Ausdruck annahm.

»Die feinen Ritter, die während ihrer Abwesenheit ihre Frauen aus Eifersucht hinter steinerne Mauern verbannten und ihnen jede Freiheit nahmen, sperrten wir selbst in ihre Rüstungen ein, sodass sie jene weder bei der Verrichtung ihrer Notdurft noch beim Schlafen ablegen konnten. Den grobschlächtigen Bauern, die ihre Gattinen und ihr Gesinde schlugen, passierte es häufig, dass sie des Nachts im dunklen Wald von einer marodierenden Räuberhorde abgepasst und verprügelt wurden. Und jenen besonders netten Ausfertigungen von Männern, die ihre eigenen oder auch andere Frauen zum Beischlaf zwangen, haben wir die Fähigkeit der Einfühlsamkeit verliehen. Das war die wirksamste aller Behandlungen, denn diese Männer waren danach meistens ruhiger und in sich gekehrt. Häufig weinten sie, wenn sie sich unbeobachtet wähnten.«

Die Erinnerung erheiterte Els und entlockte ihr ein gruseliges Lachen. Sie nahm einen tiefen Zug aus einer unangenehm riechenden Pfeife, die sie plötzlich in der rechten Hand hielt.

»Ja, wir haben viel herumgealbert, vielleicht haben wir es irgendwann übertrieben. Wir haben die erlauchten Männer herausgefordert. Mächtige Männer, die, wenn sie sich in ihrem Stolz verletzt fühlen, gefährlich werden können«, sagte Els und sah mich prüfend an.

Wieder konnte ich ihren intensiven Blick in meinem Körper spüren. Er löste ein unangenehmes Gefühl und ein Ziehen in meinem Rückgrat aus. Vermutlich versuchte sie herauszufinden, was für eine Sorte Mann ich war, ob ich zu den Gefährlichen gehörte.

Ihr Urteil war wohl positiv für mich ausgefallen, denn sie fuhr mit rauer Stimme und traurigen Augen fort: »Sie haben uns unsere kleinen Späße richtig übel genommen und sich bitter gerächt. Und Gott haben sie auch mit hineingezogen, in dessen Namen sie uns verfolgten, folterten und ermordeten.«

Sie schwieg und schien fast vergessen zu haben, dass ich hier war. Endlich sprach sie weiter: »Diese erbärmlichen Feiglinge, die Inquisitoren, kamen immer nachts in Überzahl und stürzten sich auf ihre Opfer. Als Erstes fesselten sie ihre Hände und stopften ihnen die Münder, um zu verhindern, dass sie sich mit einem Zauber befreien konnten. Oft waren sie leider erfolgreich damit. Danach folterten sie sie und machten ihnen ›den Prozess‹, indem sie dann der Hexerei verurteilt wurden. So erleichterten sie sich auch gleich ganz normalen, unbequemen Frauen. In dieser Zeit geschah wahrlich viel Unrecht, es war das reinste Chaos.

Doch für einige wenige von uns kam in letzter Sekunde Rettung von oben. Durch die Lichtwesen. Sie waren Reisende, die neugierig durch die Galaxien zogen, auf der Suche nach Leben und Abwechslung. Auf der Erde wurden sie fündig. Sie sind reine Energie, absolut gut und vollkommen, durch und durch. Und dabei sind sie allmächtig. Das erste Mal geschah es, als die Hexe Mia im Moment ihres nahen Todes einen verzweifelten, suchenden Hilfespruch aussandte. Der Spruch, verstärkt durch die Energie ihres im Feuer erlöschenden Lebens, ging über die irdischen Grenzen hinweg bis ins Universum, wo die Lichtwesen ihn wahrnahmen und Mia zu Hilfe eilten. Ihr Körper hatte bereits am Scheiterhaufen Feuer gefangen, als die Lichtwesen sie direkt aus den lodernden Flammen zu sich holten, indem sie einen Energiestrahl auf sie richteten und ihre beinah leblose Hülle zu sich holten. Kannst du dir den Schrecken vorstellen, den die Inquisitoren beim Anblick der in den Himmel auffahrenden Hexe bekamen?

Die guten Lichtwesen heilten Mia und brachten sie auf diesen Planeten, der für unsere verwundbaren, menschenähnlichen Körper ideale Lebensbedingungen bot. Mia flehte sie an, sie mochten auch ihren anderen vom Tod bedrohten Freundinnen helfen. Und so retteten sie im Laufe von ein paar hundert Jahren etliche von uns vor dem sicheren Tod, unter anderem auch mich. Irgendwann brach eine neue Zeit auf der Erde an, die Männer hörten mit der Hexenverfolgung auf und schlachteten sich lieber gegenseitig in den großen Kriegen ab. Ich denke, wir sind fast einhundert Hexen, die hierher gerettet worden sind.«

»Wo sind all die anderen?«

»Einige von ihnen hast du sicher schon gesehen, bei euren musikalischen Vorführungen«, lächelte Els. »Zwar nicht in ihrer ursprünglichen Form, aber man kann sie noch erkennen, wenn man in sie hineinschaut.«

Dann hatte ich mich nicht getäuscht und in den Lichtwesen die eingeschmolzenen Gesichtsfragmente der Hexen gesehen.

»Die Lichtwesen und Hexen fanden sich beiderseitig sehr anziehend. Hexen sind höchst angetan von der Macht der Lichtwesen, mit welcher sie einfach so Energie in Materie umwandeln können. Es ist das, wonach wir Hexen letztendlich streben und was wir mit der Kraft der Essenzen der Natur und den magischen Formeln erlangen wollen. Wir trachten nach der Überwindung von Zeit und Raum und aller physikalischer Grenzen. Doch gegen den fast unendlichen kollektiven Strom der Energie, an dem die Lichtwesen teilhaben, ist unsere Hexerei nur ein dilettantischer Pfusch.

Umgekehrt waren die Lichtwesen von der Lebendigkeit der Hexen fasziniert. In der reinen Energie existiert kein eigenständiges Leben. Energie ist universell, nicht individuell. Dieses einzigartige Leben war es, das die Lichtwesen trotz ihrer Allmacht nicht besaßen und niemals erlangen können. Und so schlossen die Hexen und die Lichtwesen einen Pakt. Die Lichtwesen vereinten sich mit den Hexen, wodurch beide Seiten ihr Ziel erreichten. Meine Freundinnen erhielten die Allmacht der Lichtwesen und Unsterblichkeit. Fortan waren sie nicht mehr an die Erde oder diesen Planeten hier gebunden, sondern konnten das gesamte Universum erkunden. Die Lichtwesen andererseits wurden bereichert durch die Einmaligkeit des Lebens, das die Hexen mit einbrachten. Jedes Lichtwesen war fortan ein Individuum, ein Unikat in der Unendlichkeit des Raumes mit der Fähigkeit zu eigenständigem Denken, Handeln und Entscheiden.«

»Und du? Du bist eine einfache Hexe geblieben?«

»Ja, ich habe es nie über mich gebracht, mich mit einem Lichtwesen zu vereinen. Ich hänge doch an meinem Leben, obwohl mir dieser Körper nach einigen hundert Jahren sehr zu schaffen macht und eigentlich schon längst zerfallen sein sollte. Staub zu Staub. Meine Zeit wäre längst gekommen, wenn die Lichtwesen mich nicht immer wieder heilen und ausbesserten wie einen alten Eimer. Trotz ihrer Unvollkommenheit wollte ich meine menschliche Form nicht aufgeben, denn weißt du, durch die Vereinigung mit den Lichtwesen verloren die Hexen nicht nur ihre mangelhaften Körper, sondern auch die Fähigkeit gewisse Dinge wahrzunehmen, die der Verstand nicht zu beschreiben vermag. Ich denke da an anheimelnde Gefühle, die von dem Anblick einer schönen Blume oder einem bunten Schmetterling ausgelöst werden können, aber auch an die gewaltigen Dinge, wie die Liebe zu einem anderen Menschen oder auch einem Tier«, sagte Els und strich mit der Hand dem Raben Holle über den Kopf, der auf ihrer Schulter Platz genommen hatte.

»Es gibt so vieles, was das Leben unermesslich wertvoll macht, nur indem wir uns freuen, fühlen und spüren können. Beinahe alles davon haben die Hexen aufgegeben, als sie sich mit den mächtigen Lichtwesen vereinten. Die Sterblichkeit, die mich trotz der Fürsorge der Lichtwesen irgendwann ereilen wird, ist der Preis dafür, den ich in Kauf nehme. Mein Leben dauert ja schon sehr lange, zu lange«, sagte Els grüblerisch. »Doch es gibt etwas aus ihrem ehemaligen Leben, nur eine einzige Sache, die die Hexen auch heute noch empfinden können.

Es ist die Musik, beziehungsweise deren Schwingungen, die sie wahrnehmen, weil Musik alle Dimensionen durchdringt. Sie ist wie ein Fenster zu dem Universum, das die Hexen für immer verlassen haben. Und sie können gar nicht genug davon bekommen, sie ist wie ein Rausch für sie und das einzige irdische Vergnügen, das ihnen geblieben ist.«

»Und ist das der Grund, warum die anderen Menschen da drüben und ich hier sind? Weil die Hexen Musik von uns wollen?«

»Ja, genau. Die Lichtwesen kehrten immer wieder einmal auf die Erde zurück, um sich an der Musik zu berauschen. Und dabei ergab es sich einmal, dass sie einen Musiker aus einer Bedrängnis errettet haben, ähnlich wie sie selbst damals als Hexen gerettet worden sind. Das war der erste Mensch, den sie hierher geholt haben.«

»Und das haben sie dann immer wiederholt?«

»Ja genau.«

»Els, das bringt mich zu dem Grund, warum ich dich gesucht habe.«

Ich berichtete ihr ausführlich von dem Dilemma, in dem ich steckte. Wie um Himmels willen konnte ich nur wieder zurück zur Erde gelangen?

Els scannte mich eindringlich mit ihrem unangenehmen Lupenblick und nickte schließlich.

»Lass mich einmal überlegen. Ich fürchte, es ist ausgeschlossen, dass sie dich freiwillig gehen lassen. Die Hexen sind da sehr egoistisch. Euer abendliches Schauspiel ist der

Höhepunkt eines jeden Tages und es macht den Anschein, dass sie mehr und mehr zufrieden mit euren Darbietungen werden. Ein jeder von euch ist von hohem Wert für sie.«

»Du kannst mit ihnen sprechen?«

»Ja, ich kann mich mit ihnen verständigen, nicht sprechen im herkömmlichen Sinn. Ich kann mich mit ihnen über die universelle Energie austauschen. Vor allem mit Mia der Anführerin.«

»Es muss doch irgendeinen Weg geben.«

»Wenn überhaupt, dann natürlich nur genauso, wie du hergekommen bist«, sagte sie schlussendlich.

»Wenn ich mich nur daran erinnern könnte!«

»Die Erde wird jedes Jahr im Monat Acht von den Perseiden heimgesucht«, sagte sie.

»Du meinst die Meteoritenschauer, wie sie jetzt im August auftreten?«

»Genau. Zu dieser Zeit machen sich die Hexen häufig auf zur Erde, um nicht aufzufallen, wenn sie sich ihr nähern. Sie verstecken sich in der Ansammlung der durch das Weltall sausenden Gesteinsbrocken. Als Vehikel benutzen sie einen hohlen Felsen, hinter dem sie sich selbst und in dem sie so allerhand verbergen können. So holen sie sich nützliche Instrumente, aber auch Lebewesen wie Insekten, Raben oder Menschen. Diese wertvollen Stücke sind bei der Rückreise im hohlen Meteorit geschützt, denn ohne Hülle würden die gebrechlichen Körper diese Strapazen niemals aushalten und verglühen. Die Lichtwesen wollen unentdeckt bleiben und möchten keine Unruhe auf der Erde erzeugen, denn dann wäre es vorbei mit ihren einfachen Beutezügen.

Ich habe da folgenden Gedanken: Wir könnten dich vor dem nächsten Beutezug der Hexen in den leeren Stein hineinschmuggeln, wie einen blinden Passagier. Und dann, wenn ihr auf der Erde gelandet seid, musst du nur im richtigen Moment herausschlüpfen« überlegte Els mit einem schelmischen Gesichtsausdruck. »Beim Flug zur Erde ist das Vehikel ja leer. Es ist zwar unwahrscheinlich, aber es könnte funktionieren, wenn du sehr viel Glück hast«, rief sie erfreut. Dabei klatschte sie so kräftig in die Hände, dass der Rabe Holle erschrocken von ihrer Schulter wegflatterte. »Das wird ein Spaß.«

Ich freute mich auch, denn es gab jetzt einen Hoffnungsschimmer, den ersten Lichtblick seit meiner Ankunft.

»Bist du danach jemals wieder auf der Erde gewesen?« fragte ich.

»O nein, wo denkst du hin. Wenn ich zurückkehren würde, wäre es vorbei mit mir. Die Kräfte der Erdatmosphäre würden mich auseinanderfallen lassen wie eine Sandburg im Wind.« Um ihre Worte zu unterstreichen, sog sie Luft in ihre hohlen Wangen und pustete dann kräftig aus. »Kein Zauber könnte mich vor dem sicheren Tod schützen. Meine Zeit auf der Erde ist längst abgelaufen und die Natur dort unten lässt sich nicht täuschen. Dass ich noch so frisch und munter bin, verdanke ich nur den Lichtwesen und den besonderen Bedingungen auf diesem Planeten hier.«

»Wann glaubst du, könnte es losgehen? Der Monat ist nicht mehr lang!«, brachte ich das Thema wieder zurück.

»Hm, ich denke, sie werden sehr bald zu einer neuen Reise aufbrechen, vielleicht schon morgen. Ich werde die Lichtwesen beobachten und dich benachrichtigen, wenn ich bemerke, dass sie eine Erdreise planen. Wie geht es jetzt eigentlich deinem hübschen Köpfchen?«

»Ich fühle mich wie neu geboren«, sagte ich, stand auf und ging einen kleinen Kreis, um meine Bewegungsfähigkeit zu testen. »Wie wirst du mir Bescheid geben? Kommst du zu mir?«

»Wo denkst du hin«, kicherte Els. »Ich komme doch nicht zu Besuch wie eine Tante.«

Doch nach kurzem Nachdenken sagte sie: »Aber andererseits, warum nicht. Ich habe in den paar hundert Jahren fast vergessen, wie unterhaltsam es in der Gesellschaft von euch Menschen ist. Aber jetzt solltest du mal langsam zurückkehren zu deiner Truppe. Sie denken, dass du tot bist.«

Els reichte mir ein braunes Leinenhemd zum Überziehen. Rasch zog ich mich an und spürte neue Energie und Optimismus.

»Els, du wirst auch bestimmt kommen, ja?«

»Da kannst du dir ganz sicher sein, dieses Vergnügen lasse ich mir nicht entgehen.«

Els führte mich durch ihre Höhle zu deren Ausgang. Ihre Behausung war mit allerlei Dingen vollgestellt. Ich sah vielerlei Gläser, die mit getrockneten Kräutern gefüllt waren, eine beträchtliche Anzahl speckiger, alter Bücher, Töpfe, ein Spinnrad, mehrere Raben, die auf einer an der Decke befestigten Stange saßen, einige schwarze Truhen, ihr eigenes Bett und auch eine Kochstelle.

»Wir sehen uns bald, so wie wir es abgemacht haben. Zum Abschied will ich dir noch einen Rat mit auf den Weg geben: Du solltest dem kleinen Jungen in dir mal zuhören, du hast ihn zum Schweigen gebracht, dabei hat er dir Interessantes zu berichten.«

Ich trat ins Freie hinaus und drehte mich um. »Wie meinst du das?«

Doch hinter mir befand sich zu meiner Verblüffung nur noch eine unüberwindbare, massive Felswand. Trotz intensiver Suche konnte ich keinen Höhleneingang, kein Anzeichen einer Behausung oder einer Bewohnerin sehen. Da hörte ich aus dem Felsen dumpfes Kichern, woraufhin ich mich rasch umdrehte und geradewegs drauflos in den Wald hinein ging.

Voller Energie und gut gelaunt schritt ich durch das Gehölz, das mir heute viel weniger dunkel und unheimlich erschien. In spätestens einer Stunde würde ich die Lichtung betreten und meine neuen Freunde wiedersehen. Aufgeputscht von dem neuen Lichtblick summte ich die Melodie eines Songs vor mich hin, der ganz besondere Erinnerungen in mir wachrief. Unversehens dachte ich wieder an jene Zeit, in der ich befürchtet hatte Claudia für immer aus den Augen verloren zu haben.

14 Die Cellistin

Nach dem Jahreswechsel ertappte ich mich immer wieder dabei, wie ich bei den Proben wehmütig auf die leere Position des vierten Cellos schaute. Ich vermisste Claudias süßes Lächeln und ihre verschmitzten Blicke. Mein Leben fühlte sich an wie ein ungewürzter Eintopf und mein Alltag mit dem immer gleichen Ablauf von Proben und Konzerten war so monoton wie ein Lied mit nur einem Akkord.

Ich verspürte das bittere Gefühl, etwas Einmaliges verloren zu haben.

Um mich abzulenken, besuchte ich Veranstaltungen, ging mit Kollegen aus und traf mich häufig mit Anton, der mich auf meine Niedergeschlagenheit ansprach.

»Vielleicht bekomme ich eine Grippe«, sagte ich ausweichend. Ein paar Tage später erwähnte er bei einem gemeinsamen Abendessen, wie zufrieden er mit Claudia Muth wäre, die junge Dame, die ich ihm vermittelt hatte. Bei einem gemeinsamen Projekt arbeiteten sie nun häufig zusammen.

Ich horchte auf. »Ja, sie ist wunderbar!«

»Das Gleiche sagt sie von dir!«, meinte er mit hochgezogenen Augenbrauen und ich ließ mir weder meine Überraschung anmerken noch weitere Einzelheiten entlocken.

Was sollte ich ihm denn schon erzählen, es war in Wirklichkeit ja nichts passiert, außer einem flüchtigen Kuss. Dass er Claudia anscheinend über mich ausgefragt hatte, war wieder einmal typisch. Als wir uns vor zwanzig Jahren kennengelernt hatten, war er zuerst mein Mentor gewesen, dann mein bester Freund und in letzter Zeit benahm er sich wie meine Helikopter-Mutter und mischte sich gern in meine Angelegenheiten ein.

Am Freitag darauf waren Anton und ich zu einer Premiere im Burgtheater verabredet. Ursprünglich wollte ich gar nicht mitgehen, aber er hatte mich richtiggehend dazu genötigt. Ich müsse unbedingt dabei sein und mich mal wieder so richtig amüsieren, hatte er gesagt. Dabei hatte ich Warten auf Godot *eher als schwere Kost in Erinnerung und absolut keine Lust auf einen langatmigen, anstrengenden Theaterabend gehabt. Er duldete keine Widerrede.*

»Deine Karte ist an der Kasse hinterlegt, wir treffen uns dann direkt im Saal«, hatte er angeordnet und ich hatte mich schließlich gefügt.

Ich traf spät ein, gerade als es das zweite Mal läutete. Die Sitzplätze waren beste Kategorie, dritte Reihe Parkett links, doch ich konnte Anton nicht entdecken. Der Platz neben meinem war besetzt von einer jungen Frau mit braunem, zu einem lockeren Dutt aufgestecktem Haar. Konnte das wahr sein, war sie es wirklich? Die Schmetterlinge in meinem Bauch flatterten aufgeregt durcheinander und ich grinste wie ein Emoji.

Ich drückte mich an den Plätzen der Sitznachbarn vorbei, die aufstanden, um mich vorbeizulassen. Da schaute Claudia nach links, erkannte mich, blinzelte kurz, als müsste sie sich vergewissern, dass sie richtig sähe, und dann strahlte sie mich voller Freude an. »Danilo!«

»Hallo!«, rief ich lächelnd.

Einen Moment zögerte ich. Ob ich ihr zur Begrüßung die Hand geben sollte? Doch da stand sie auf und wir umarmten uns wie selbstverständlich. Wir nahmen Platz und sahen uns verschmitzt an.

»Ich hatte eigentlich mit Anton gerechnet. Was für eine schöne Überraschung, dich hier zu treffen!«, flüsterte ich ihr zu.

Da läutete es zum dritten Mal und der Saal verdunkelte sich.

»Mir hat er erzählt, er sei verhindert, aber mit keiner Silbe hat er erwähnt, dass du da bist.«

»Psst, leise«, zischte jemand hinter uns und wir mussten schweigen.

Das Warten auf Godot *war die reinste Geduldsprobe für mich. Ich schielte die ganze Zeit verstohlen zu Claudia hinüber und verfolgte das Stück nur am Rande. Vermutlich spürte sie meine Blicke auf sich, denn einmal drehte sie sich abrupt zu mir herum und ertappte mich dabei, wie ich sie im Halbdunkel ansah, anstatt vor mich auf die Bühne zu schauen. Daraufhin lächelten wir uns an. Ausnahmsweise nahm ich es Anton ganz und gar nicht übel, dass er sich wieder einmal eingemischt hatte.*

Endlich läutete es zur Pause, wir gingen hinaus und suchten uns freie Plätze an einem der Stehtische. Ich fühlte mich so leicht und einfach nur froh mit ihr zusammen zu sein, als wäre ich nach einer langen Reise nach Hause zurückgekehrt. Sie sah atemberaubend aus in ihrem figurbetonten schwarzen Etuikleid. Anmutig, elegant und feminin, wie eine moderne Ausgabe von Audrey Hepburn in Frühstück bei Tiffany.

»Du siehst toll aus«, sagte ich.

»Danke, du aber auch!«

Wir stießen an. »Es tut mir so leid, dass dein Vertrag vorzeitig gelöst worden ist.«

»Und mir erst, zum Glück hat sich die Substituts-Stelle in der Staatsoper zufällig ergeben …« Sie hielt mitten im Satz inne und sah mich nachdenklich an. »Bist du eigentlich sehr gut mit Anton Iljin befreundet?«

Ich nickte. »Wir haben uns vor langer Zeit in Moskau kennengelernt.«

»Ich konnte nicht herausfinden, wie sie ausgerechnet auf mich gekommen sind. Kann es sein, dass du nachgeholfen hast bei meinem neuen Job?«

Ich nickte wieder.

»Wirklich? Danke, das war total lieb von dir!«, rief sie und musterte mich überrascht. »Ich hatte mich bei den Stellenanzeigen schon nach einem Bürojob umgeschaut!«

»Tja, Anton und du, ihr seid nicht die Einzigen, die raffiniert sein können«, lächelte ich und zwinkerte ihr zu.

Dann sahen wir uns an und mit einem Mal war der Lärm, der uns eben noch umgeben hatte, verstummt. Ich nahm nur noch ihre Augen wahr, deren Strahlen dieses einzigartige Prickeln in meiner Magengrube auslöste. War es aufgrund des Gedränges rund um uns herum, dass ich plötzlich so nah bei ihr stand? Als ich im Getümmel von einem ungestümen Mann von der Seite angerempelt wurde, lösten sich abrupt unsere Blicke.

»Köln, New York, Moskau, wo hast du denn noch überall gelebt?«, nahm Claudia das Gespräch wieder auf.

»Sydney und Philadelphia. Ja, mein Vater war sehr umtriebig.«

»Das hört sich aufregend an!«

»Für mich war es sehr schwierig. Ich hab mich bei jedem Umzug gefühlt wie eine Kartoffel bei der Ernte, die gewaltsam aus dem Beet gezogen wurde. Und zwar weg von all ihren Kartoffelfreunden!«

Claudia schmunzelte.

»Damals, als mein Vater plötzlich aus New York wegwollte, hatte ich gerade erst Freundschaften geschlossen. Du kannst dir vorstellen, dass das unter krankhaft ehrgeizigen und egozentrischen Schülern einer Eliteschule nicht ganz einfach war. Jeden-

89

falls musste ich als Zehnjähriger mit nach Moskau ziehen und habe dort Anton kennengelernt. Er war Dirigent am Moskauer Sinfonieorchester und der Chef meines Vaters.«

»Und dann habt ihr euch angefreundet?«

»Ja, aber das hat eine ganze Weile gedauert. Er war damals noch jung, so um die dreißig, und gefürchtet wie ein Diktator. Wenn die Musiker schlecht spielten, tobte er wie eine cholerische Diva und wer zu widersprechen wagte, flog aus dem Orchester.«

»Echt? Das kann ich mir bei dem liebenswürdigen Anton gar nicht vorstellen.«

»Das Leben in Moskau hat ihm nicht gut getan, er litt an einer damals weitverbreiteten Krankheit namens Wodka. Anfangs, als ich begann mich für die Orchesterproben zu interessieren, war Anton gar nicht freundlich zu mir. Er nannte mich spöttisch das ›Wunderkind‹, weil in einem Zeitungsartikel von meinen Erfolgen bei Klavierwettbewerben berichtet worden war.«

»Und das hat dich nicht abgehalten?«

»Nein, denn ich war von Orchestermusik so fasziniert! Zuerst war ich einfach nur gefesselt und wollte wissen, wie ein Dirigent es schafft, das Durcheinander der fünfzig und mehr Instrumente zu ordnen und die wunderbarsten Musikstücke aus ihnen herauszuholen. Ich glaube, Anton hatte Mitleid mit mir. Denn ich war der sonderbare Junge, der am liebsten im Orchestergraben saß, anstatt mit seinen Kumpels abzuhängen. Manchmal nahm er sich dann Zeit, mir eine Passage zu erklären, oder ich durfte ihm die Noten für die nächste Partitur bereitlegen. Ab und zu bezog er mich sogar ein und fragte mich augenzwinkernd nach meiner Meinung. Und so begann er mich unter seine Fittiche zu nehmen und ich lernte alles von ihm. Seit damals war für mich klar, dass ich auch Dirigent werden wollte.«

Als ein Mann, den ich als Kulturredakteur einer Tageszeitung erkannte, an unseren Stehtisch trat, wurden wir unterbrochen. Er bat uns um ein Foto und wir stellten uns lächelnd nebeneinander auf. Währenddessen er sein Bild schoss, umfasste ich sanft Claudias Taille. Danach kribbelte mein Arm und die Flügel der Schmetterlinge in meinem Bauch schlugen aufgeregt wie ein Konfettischauer nach Beantwortung der Millionenfrage.

Da kündigte ein Läuten das Ende der Pause an, doch ich hatte keine Lust auf eine weitere Stunde Stillsitzen und auch Claudia rollte die Augen. Zäh wie der Morgenstau auf der A21 zog sich das Publikum aus dem Foyer zurück in Richtung Vorstellungsraum. Claudia und ich standen als Letzte noch an unseren Plätzen.

»Ich glaube, das Warten auf Godot lohnt sich heute nicht mehr, was meinst du?« Ich sah sie fragend an.

»Ganz meine Meinung«, antwortete sie sofort.

»Dann los«, sagte ich, holte unsere Mäntel und wir verließen so rasch und unauffällig wie möglich das Theater.

Wir spazierten vom Burgtheater durch die Wiener Innenstadt Richtung Stephansdom. Unsere Atemluft kondensierte in der kalten Luft der Februar Nacht.

»Heute herrschen fast Moskauer Verhältnisse. Ist dir nicht zu kalt?« Fürsorglich bot ich ihr meinen Arm an, in den sie sich sogleich unterhakte und mir wurde schlagartig warm.

»Kommst du auch aus einer musikalischen Familie?«, fragte ich.

»Eigentlich nicht. Meine Mutter dachte, es gehöre zur guten Erziehung, dass ich ein Instrument lerne. Sie ist nie berufstätig gewesen und ich war als einziges Kind ihr Hauptbetätigungsfeld. Deshalb hatte ich einen Stundenplan wie ein Event-Manager und wurde nach dem Ballett zur Englisch-Frühförderung von dort zum Tennis und danach zum Taekwon-do für Kinder geschleppt. Irgendwann war ich total ausgelaugt und trotzdem sollte ich auch noch ein Musikinstrument lernen. Ich könne mir eines aussuchen, lockte meine Mutter mich zum Tag der offenen Tür in die Musikschule. Während sich die anderen Kinder um das Klavier drängten und die Geigen ausprobieren wollten, wurde ich vom Violoncello magisch angezogen. Es hatte die Form eines runden Körpers und war groß genug, dass ich es wie einen Freund umarmen konnte. Als ich dann noch dessen Timbre hörte, das wie eine tröstende Stimme klang, war es um mich geschehen. Ich schmiegte mich glücklich an es und hielt mich fest. Mir war klar, dass es das Cello sein sollte oder ich würde gar kein Instrument lernen. Meine Mutter war nicht begeistert, sie hatte eher an so etwas wie Blockflöte gedacht, aber sie stimmte schließlich zu. «

Bei der Erinnerung daran lachte Claudia fröhlich und mir wurde klar, wie sehr ich genau dieses Lachen vermisst hatte. Ich hätte sie am liebsten in die Arme genommen und fest gedrückt.

Stattdessen fragte ich: »Und dann hattest du neben deinen vielen anderen Aktivitäten auch noch Cellostunden?«

»Nein, ich wurde immer antriebsloser und verweigerte schließlich alle Betätigungen bis auf das Spielen meines Instruments. Das war die einzige Beschäftigung, die mich nicht anstrengte und mir sogar Energie gab. Ich war verzaubert und besessen von seinem Klang, der mir zuflüsterte, dass alles gut war. Deswegen übte ich damals wie eine Verrückte. «

»Das kann ich dir total nachfühlen, mir ging es ähnlich mit meinem Pianino!«

»Fast musste ich vom Cello weggelockt werden …«

»… wie ich vom Klavier?«, fiel ich ihr lachend ins Wort und sie drückte spielerisch meinen eingehakten Arm.

»Meine Mutter hat es damals nur gut mit mir gemeint, aber es war einfach zu viel. Sie hatte immer nur das Beste für mich gewollt, so wie alle Eltern.«

»Also meine Eltern nicht«, murmelte ich. Als Claudia nachfragte, was ich damit meinte, wiegelte ich ab. »Hast du auch Hunger? Komm, dann gehen wir jetzt was essen!« Ich zog sie an der Hand in das Restaurant Do & Co im Haas Haus, von dem man eine grandiose Sicht auf den gegenüberliegenden Stephansdom hatte.

Unser Surf and Turf mit zarten Chilifäden wurde gebracht und es war so butterweich, dass es auf der Zunge beinahe zerfloss.

»Hörst du das Lied?«, fragte Claudia und sang leise den Song Liebe ist Alles von Rosenstolz mit, der gedämpft im Hintergrund lief.

Ich war versucht ihren Worten zu glauben. Könnte ich tatsächlich noch einmal ganz von vorne anfangen? War Liebe wirklich alles, was ich dazu benötigte?

»Was für eine schöne Stimme du hast!«, sagte ich.

»Als Teenager hatte ich eine Band. Ich war Frontsängerin und spielte gleichzeitig Cello. Eine Freundin von mir war an der Gitarre und ein Freund am Schlagzeug. Wir coverten die damaligen Chartsongs, so wie diesen hier. Aber wir hatten auch ro-

ckigere Songs im Repertoire so wie beispielsweise Nirvana –
Smells Like Teen Spirit.«

»Ich versuche mir gerade vorzustellen, wie du diesen Song
am Cello streichst und gleichzeitig singst ...«

»Ja, es war sehr ungewöhnlich. Wir traten nicht oft auf, ich
glaube ungefähr dreimal. Später wurde mir klar, dass ich unbedingt Orchestermusikerin werden wollte. Zum Unbehagen
meiner Mutter, die mich als Ärztin oder Anwältin sah. Oder
wenigstens mit einem solchen verheiratet, aber da ergab sich
auch noch nichts«, lachte sie mich keck an.

Ich hätte ihr ewig zuhören können, jedoch war es mittlerweile
schon fast ein Uhr und alle anderen Besucher bereits gegangen.
Nachdem ich gezahlt hatte, schlenderten wir durch die beinahe
menschenleeren Straßen in Richtung ihrer Wohnung und über-
querten den Donaukanal an der Marienbrücke. Im Vorbeigehen
bewunderten wir die kleinen Schlösser am Geländer der Brüs-
tung, welche Liebespaare dort als Symbol ihrer ewigen Liebe
hinterlassen hatten. Ein heftiger Hustenanfall packte mich jedoch und wir gingen rasch weiter, denn auf der Brücke zog es
gewaltig.

Als wir beim Hauseingang ihres mehrstöckigen Wohnhauses
ankamen, bedankte ich mich für den schönen Abend. Es war
mittlerweile zwei Uhr morgens, doch ich spürte keinen Hauch
von Müdigkeit. Ganz im Gegenteil, ich nahm eine Energie in
mir wahr, als könnte ich einen der monumentalen Kastanien-
bäume ausreißen, die im Augarten hinter uns in die Höhe ragten. Einen Moment lang herrschte eine abwartende Stille. Könnte ich es wagen, sie zu küssen? Wo waren eigentlich alle meine
Befürchtungen und dramatischen Vorahnungen hin, die mich
zuvor belastet hatten? Sie waren weggefegt von dem hauchzar-

ten Schlag ihrer Wimpern direkt vor mir. Ich sah nur noch ihre strahlenden dunkelblauen Augen, hinter denen sich das Universum meiner Träume befand. Dann machte ich den allerletzten Schritt auf sie zu, der uns noch trennte. Ganz sanft umfasste ich ihre Taille und zog sie behutsam zu mir. Ihr Mund, der sonst immer von einem freundlichen Lächeln umspielt wurde, war ganz ernst und still. Endlich schloss ich meine Augen und unsere Lippen berührten sich zart und behutsam.

Wie der Schein einer Kerze im Dunkeln breitete sich die Melodie des Liedes von vorhin in meinem Kopf aus und vertrieb die letzten Zweifel. ›Liebe Ist Alles‹ hallte es in mir.

Als ihre sinnlichen Lippen meine intensiver werdenden Küsse heftig erwiderten, durchdrangen mich Glückshormone gleich Feuerwerkskörper den Nachthimmel. Ich umfasste ihr Gesicht und sie schob ihre Hände unter meinen Pulli, worauf ich aufstöhnte. Mein ganzer Körper vibrierte von meinen Lippen bis zu meinen Lenden.

»Du bist wunderbar«, flüsterte ich mit rauer Stimme.

Sie sah mich an. »Komm mit mir rein.«

Mein Glück kaum fassend folgte ich ihr in die Wohnung, wo wir bald darauf atemlos im Schlafzimmer landeten. Wir liebten uns bis in die Morgenstunden und irgendwann schliefen wir zufrieden und eng umschlungen ein.

Die ungewohnte Präsenz eines anderen Menschen weckte mich. Claudias schmale Gestalt lag neben mir und ich hörte sie leise und gleichmäßig atmen. Ihr Gesicht war mir zugewandt und ich betrachtete ihre feinen Konturen und sinnlichen Lippen, die so gut küssen konnten. Am liebsten hätte ich sie zärtlich geweckt und dort weitergemacht, wo wir vergangene Nacht erschöpft aufgehört hatten. Wie spät war es eigentlich? Ein Blick auf die Uhr versetzte mir einen Heidenschreck. Schon nach neun Uhr, in einer knappen Stunde erwarteten mich achtzig Leute bei einer Probe. Ich musste mich wirklich beeilen.

Um Claudia nicht zu wecken, stand ich leise auf und schlich durch die Wohnung, in jedem Zimmer ein paar von meinen Kleidungsstücken vom Boden aufsammelnd. Auf dem Weg zum Schlafzimmer hatten wir gestern eine Schneise der Verwüstung hinterlassen. Mein Pullover lag zusammengeknüllt neben meinem Mantel im Vorraum und mein Hemd unter dem Couchtisch.

Ich zog mich so geräuschlos wie möglich an und setzte mich danach neben Claudia auf das Bett. Ihr langes braunes Haar bedeckte halb ihr Gesicht und ich strich ihr einige Strähnen zurück. Sanft hauchte ich ihr einen zarten Kuss auf die Stirn, abwartend, ob sie vielleicht aufwachen würde. Doch sie schlief tief und fest. Dabei sah sie so friedlich aus, dass ich es nicht übers Herz brachte, sie zu wecken.

Kurz überlegte ich ihr eine Nachricht zu hinterlassen, Schreibutensilien waren aber nirgends zu sehen. Keinesfalls wollte ich mich in ihrer Wohnung ungefragt auf die Suche danach begeben und in ihren Schubladen stöbern.

Und so verließ ich Claudias Wohnung, ohne mich von ihr verabschiedet zu haben, jedoch mit dem Vorsatz mich so bald wie möglich bei ihr zu melden.

Es war schon so spät, dass ich sofort zur Orchesterprobe eilte. Die Zeit reichte nicht einmal mehr aus, um meine Kleidung zu wechseln. Ich fühlte mich leicht und beschwingt, verspürte weder Müdigkeit noch Hunger.

Nach der Probe, die bis in den Nachmittag dauerte, hatte ich ein Meeting mit dem Intendanten. Dann fuhr ich in meine Wohnung, um mich kurz auszuruhen, umzuziehen, und schon war ich auf dem Weg zur Abendvorstellung.

Bis zum Tagesende befand ich mich in ausgezeichneter Stimmung und war ununterbrochen beschäftigt. Die glücklichen Nachwirkungen unserer Liebesnacht hielten ungebrochen an. Eigentlich hatte ich vor zwischendurch Anton anzurufen, denn ich hatte Claudias Telefonnummer noch nicht, aber neben all den gedrängten Terminen war es unmöglich. Umso erfreuter war ich, ihn abends nach dem Auftritt in meiner Garderobe vorzufinden.

»Du warst nicht im Theater«, sagte ich zur Begrüßung, legte ihm freundschaftlich meinen rechten Arm um seine Schulter und drückte ihn sanft.

»Warst du mit meiner Vertretung einverstanden?«, fragte er lachend und entwand sich meinem Griff.

»Das geht dich gar nichts an«, antwortete ich grinsend und zog mir mein Hemd aus, das nach dem anstrengenden Auftritt etwas verschwitzt war.

»Also ein schönes Paar habt ihr auf alle Fälle abgegeben. Auf dem Bild wirkt ihr, als hättet ihr Spaß gehabt«, sagte er augenzwinkernd, zog eine Zeitung unter seinem Arm hervor und schlug sie vor mir auf. »Im Kulturteil wird über die gestrige Burgtheaterpremiere berichtet, schau.« Er deutete auf die entsprechende Seite.

Ich sah das Foto, welches der Journalist in der Pause von uns aufgenommen hatte. Ich lächelte und schaute mir das Foto genau an. Claudia und ich strahlten beide über das ganze Gesicht und waren ein attraktives Gespann. Ich sah Claudias schönes Gesicht und ihre grazile Figur und fand, dass sie auf dem Bild in dem schmalen schwarzen Etuikleid wie ein Model aussah. Und auch ich war neben ihr durchaus vorzeigbar in meinem eleganten Anzug: groß, dunkelhaarig, schlank und mit dem Arm um ihre Taille.

Doch ich erstarrte schlagartig, als ich den Text unter der Aufnahme las: ›Stardirigent Danilo Orlow mit Ehefrau Claudia am Premierenabend im Burgtheater.‹

Das hatte der Journalist ja komplett falsch verstanden. Ich merkte, wie sich schlagartig meine Stimmung veränderte. Die Buchstaben ›Danilo Orlow mit EHEFRAU‹ tanzten vor meinen Augen und lösten etwas in meinem übernächtigten Gehirn aus. Ich atmete scharf ein und musste plötzlich husten, als hätte ich etwas eingeatmet, das mir im Hals steckte und raus wollte.

Anton klopfte mir auf den Rücken. »Na, na, hast du dich verschluckt oder ist es wegen der Fotografie? So hässlich bist du auch wieder nicht«, lachte er.

Ich sog die Luft ganz tief ein und langsam wieder aus. Allmählich normalisierte sich meine Atmung wieder.

»Hab kaum ein Auge zugetan letzte Nacht«, antwortete ich launisch und schlüpfte in einen frischen Pullover. Anton wurde hellhörig. »Was? Was hast du gemacht? Du hast doch wohl nicht gleich am ersten Abend mit ihr geschlafen?«

Als ich nicht antwortete, schimpfte er: »Du alter Schwerenöter, warum hast du ihr nicht mehr Zeit gegeben? Man zerrt doch eine Frau nicht gleich am ersten Abend ins Bett!«

»Ich geh jetzt heim, ich muss mich hinlegen«, sagte ich, als ich mir meinen Mantel anzog.

Ich war auf einmal sehr müde und hatte keine Lust auf das Geplänkel mit Anton. Während wir aus dem Gebäude gingen, ließ ich sein Gemecker wortlos über mich ergehen. Auf der Straße umarmten wir uns kurz, danach stieg ich ins nächste Taxi und fuhr erschöpft nach Hause. Nach einer Dusche legte ich mich ins Bett und wurde dabei das unbestimmte Gefühl nicht los, dass meine Welt, die bis vor einer Stunde noch rosarot gestrahlt hatte, nun irgendwie dunkler war. Zu müde, um noch darüber nachzudenken, fiel ich endlich in einen tiefen Schlaf.

Als ich am nächsten Morgen aufwachte, war das unbestimmte Gefühl der Unbehaglichkeit in Bezug auf die vergangene Nacht mit Claudia noch stärker geworden. Bei dem Gedanken an das Zeitungsbild spürte ich eine drückende Beklemmung und Enge in der Brust. Das Gefühl ähnelte jenem, das ich stets hatte, wenn ich in ein Flugzeug steigen sollte. Ich fürchtete eine Panikattacke und setzte mich ans Klavier, um mich abzulenken.

Es half nichts, meine Gedanken begannen zu kreisen. Was ich befürchtet hatte, war eingetreten. Das dünne Eis, das ich mit einer Liebesbeziehung zu Claudia betreten hatte, war unter der Last meines emotionalen Übergepäcks gebrochen. Ich konnte die alten Programme die mein Vater mir in meiner Kindheit hinterlassen hatte nicht stoppen. Die Melodien in meinem Inneren klangen verzerrt, als würden im Orchester die Violinen eine halbe Oktave zu hoch spielen. Ich versuchte erfolglos die falschen Klänge mit Beethoven am Flügel zu übertönen.

Andererseits wäre ein Anruf bei Claudia nun längst überfällig. Ich hätte mich anständigerweise schon gestern bei ihr melden sollen, insbesondere weil ich ohne eine Verabschiedung nach der Liebesnacht die Wohnung verlassen hatte. Doch ich schaffte es nicht, denn Ängste, die ich nicht genau greifen und benennen konnte, lähmten mich. So verbrachte ich meinen freien Sonntagnachmittag mit unsinnigen Grübeleien und einer großen Dosis Wagner.

Danach machte ich einen langen Spaziergang, bei dem ich mir dreimal einbildete Claudia auf der Straße zu sehen. Doch es waren nur andere zierliche braunhaarige Frauen, die bei genauerem Hinsehen fast keine Ähnlichkeiten mit ihr hatten.

Nur eine Frau auf der ganzen Welt hatte dieses bezaubernde Lächeln und diesen neckischen Blick, der meinen Puls in die Höhe steigen und es in meinen Bauch kribbeln ließ. ›Liebe Ist Alles‹, dachte ich bitter.

Erst gegen 21 Uhr kehrte ich wieder nach Hause zurück. Der Tag endete, ohne dass ich mich bei Claudia meldete. Langsam würde sie denken, dass sie mir gleichgültig war. Dass ich es nur auf eine Nacht mit ihr abgesehen hatte. Mein Magen drückte und schubweise stieg mein Puls in rasante Höhen, danach sackte er wieder ab und ich legte mich kraftlos ins Bett. Meine große Liebe ging vor meinen Augen verloren und ich konnte nichts dagegen tun.

Am nächsten Morgen ging es mir nicht besser, es plagten mich schlimme Kopfschmerzen. Ich spülte eine Schmerztablette mit einer Tasse schwarzen Kaffee hinunter. In einer halben Stunde musste ich mich zur Arbeit aufmachen. Heute spürte ich zu nichts Lust, nicht einmal auf das Proben mit meinem Orchester.

Das Telefon läutete, ich erhielt einen Anruf von einem ›unbekannten Kontakt‹. Mein Atem beschleunigte sich. Rief Claudia mich an? Da ich noch nicht einmal ihre Nummer besaß, wusste ich es nicht. Ich nahm mein Mobiltelefon in die Hand und starrte es an wie einen gefährlichen Gegenstand, der jederzeit explodieren könnte. Nach sechsmaligem Klingeln hatte ›Unbekannt‹ aufgegeben. Ich atmete tief durch und machte mich für die Arbeit fertig.

Nach der Probe war ich so erschöpft und kurzatmig, dass ich mich auf dem Heimweg auf einer Parkbank ausruhen musste. Nach drei starken Schmerztabletten pochte mein Kopf zwar nicht mehr, dafür war mir furchtbar übel. Meine Hände zitterten und dunkelgraue Punkte tanzten vor meinen Augen. Ich verschränkte meine Arme vor dem Körper, streckte meine Beine aus und schloss die Augen.

»Ist alles in Ordnung mit Ihnen?«, riss mich eine Stimme aus meiner Schonhaltung. Ein älterer Herr betrachtete mich misstrauisch unter Wahrung eines Sicherheitsabstandes. Er führte einen schwarzen Pudel an einer Leine aus, der neugierig an meinen Schuhen schnupperte.

»Danke, alles bestens!«, versicherte ich rasch und setzte mich gerade hin. Ja, es ging mir körperlich etwas besser. Doch ich musste dringend etwas essen. Seit dem Restaurantbesuch mit Claudia vor drei Tagen hatte ich nichts Richtiges mehr zu mir genommen.

Einige Tage später hatte ich frei und verbrachte den ganzen Tag im abgedunkelten Zimmer. Energielos lag ich im Bett und zappte durch die Fernsehkanäle. Unvermittelt versetzte mich das Schrillen der Türglocke in Alarmbereitschaft. War es vielleicht Claudia, die gekommen war, um nach mir zu sehen? Hoffnung und Beklommenheit keimten gleichermaßen in mir auf, als ich aufstand, um zu öffnen. Es war Anton mit zwei Pizzakartons.

»Heute schon etwas gegessen?«

»Anton! Komm rein«, sagte ich und freute mich ihn zu sehen.

Wir setzten uns an den Küchentisch und ich knabberte an meinem Imbiss.

»Ich hatte angenommen, dass du vielleicht Besuch hast?«

»Claudia ist nicht da, falls du das meinst.«

»Läuft es denn nicht gut zwischen euch?«

Ich schüttelte den Kopf. Stockend erklärte ich ihm mein Dilemma. Auf der einen Seite, wie verschossen ich in Claudia war und dass ich pausenlos an sie dachte. Auf der anderen die Beengtheit, die ich allein bei dem Gedanken an eine Bindung verspürte, welche sich bis zu Panikattacken steigerte. Er hörte aufmerksam zu.

»Danilo, ich weiß, du hattest keine einfache Kindheit. Du hast Angst vor dem Fliegen, vor engen Räumen, vor Dunkelheit und offensichtlich auch vor einer Beziehung zu einer wunderbaren Frau, die dir allerdings die Luft zum Atmen nimmt, wie du sagst. Was auch immer damals vorgefallen ist, es ist an der Zeit, dass du es loswirst. Sonst versaut dir deine Vergangenheit noch die Zukunft!

Du weißt doch noch, dass ich in Russland ganz schön mit dem Alkohol zu kämpfen hatte. Mit dem Trinken komplett aufzuhören schien mir unmöglich. Ein guter Freund sagte damals zu mir, dass ich die Sucht nicht auf einmal besiegen müsse, sondern lediglich Schritt für Schritt. Ich müsse immer nur einen Tag nach dem anderen schaffen und ich solle nicht an den übernächsten Morgen oder gar an die folgende Woche denken. Das hat mir enorm in dieser schweren Phase geholfen und schließlich habe ich es geschafft. Du musst es genauso angehen. Wer spricht denn bitte von einer festen Beziehung? Ihr habt doch gerade erst eine Nacht zusammen verbracht. Vielleicht mögt ihr euch nach ein paar Wochen ja gar nicht mehr. Womöglich hält sie dich mit deinen ganzen Marotten ja ohnehin nicht aus, schon mal daran gedacht? Lernt euch doch erst einmal in Ruhe kennen, habt einfach eine schöne Zeit miteinander. Geht es langsam an, Schritt für Schritt, ihr müsst euch ja auch nicht ständig sehen. Jeder soll seinen Freiraum behalten. Wenn du so denkst, dann fällt der Druck von dir ab und deine Gefühle folgen ganz automatisch. Verstehst du? Wie lange ist es jetzt her?«

»Zehn Tage.«

»Dann ist es allerhöchste Zeit, dass du aktiv wirst, falls dir etwas an ihr liegt.«

Ich fühlte mich, als sähe ich nach einer quälend langen Schreckensnacht die Morgenröte am Horizont aufsteigen und einen neuen Tag ankündigen. Der Gedanke, meine Liebesphobie mit einer auf den Kopf gestellten Suchtentwöhnung zu kurieren, war genial. Anstatt Tag für Tag von dem Alkohol schrittweise zu entwöhnen, würde ich mich ganz langsam, Schritt für Schritt, an Claudia an meiner Seite gewöhnen. Konnte es so einfach sein? Vielleicht war es wirklich nur der richtige Blick auf die Dinge, die Perspektive, die es ausmachte. Ja, er hatte absolut recht, ich musste es zumindest versuchen und vor allem hatte Claudia endlich eine Erklärung verdient.

Mit klopfendem Herzen beschloss ich, noch am selben Abend zu ihrer Wohnung zu gehen. Es war Dienstag und ich kaufte einem durch die Stadt streifenden, einsamen Rosenverkäufer, dem ich seinen Glückstag bescherte, seine gesamten vierzig langstieligen roten Rosen ab.

Meine aufgekratzte Freude war jedoch schnell gedämpft. Claudia war nicht zu Hause. Vielleicht hatte sie ein Konzert? Nachdem mich ein anderer Hausbewohner freundlicherweise eingelassen hatte setzte ich mich im Treppenflur auf die Stufen vor ihrer Wohnung und wartete wie auf Nadeln. Die Minuten krochen dahin und irgendwann musste ich zusammengekauert und angelehnt an die Hauswand kurz eingenickt sein, denn als Nächstes wachte ich davon auf, dass ich an der Schulter gerüttelt wurde. Ich schreckte hoch und sah Claudia direkt vor mir stehen. Der riesige Bund loser roter Rosen rutschte mir aus den Armen und kullerte die Stufen hinab. Ich klaubte sie rasch wieder zusammen.

Claudia war nicht alleine. Eine argwöhnisch und mich missbilligend musternde Frau reiferen Alters war bei ihr, die mir Claudia als ihre Mutter Elena vorstellte.

»Sind sie etwa betrunken?«, fragte sie scharf und musterte mich wie eine Mogelpackung im Supermarkt.

Über diese absurde Frage lächelte ich und bestritt es vehement, doch ihre giftigen Blicke ließen mich vermuten, dass sie mir kein Wort glaubte. Schließlich sahen mich beide fragend an und ich bat Claudia darum, mit ihr unter vier Augen sprechen zu dürfen. Sie nickte, müsse ihrer Mutter aber erst noch einen Schlüssel geben, den sie für sie verwahrt habe. Nach dieser Übergabe küssten sich Mutter und Tochter zum Abschied auf die Wangen und Elena sah mich mit einem letzten eisigen Blick an, der mir wie eine unausgesprochene Warnung erschien. Dann stelzte sie auf ihren hohen Absätzen die Treppe hinunter in Richtung Haustür.

Nun waren Claudia und ich allein. In der Wohnung setzten wir uns in ihrer kleinen Küche an den Tisch. Sie wirkte so zer-

brechlich. *Täuschte ich mich oder waren da dunkle Schatten unter ihren leicht geröteten Augen? Am liebsten hätte ich sie jetzt sofort in meine Arme genommen und getröstet.*

Ich umklammerte die Rosen immer noch und schaffte es nur mit Mühe, sie vor mir abzulegen. Sie bedeckten den ganzen Tisch und ich kam mir lächerlich vor sie gekauft zu haben. So eine billige Geste, Blumen zu bringen und zu glauben, dass diese meine Versäumnisse richten würden.

»Entschuldige, ich bin etwas müde und auch verwirrt darüber, dich mitten in der Nacht vor meiner Tür zu finden. Du hättest ja auch einfach zwischendurch mal anrufen können?«, sagte sie und sah mich fragend an.

Die richtigen Worte wollten mir nur schwer über die Lippen kommen. Wie konnte ich nur all das erklären, was in mir vorgegangen war? Sämtliche widersprüchlichen Gefühle und Ängste, die hochgekommen waren und gefolgt von Panikattacken mich tagelang gelähmt hatten.

Ich rutschte mit meinem Stuhl neben sie und umfasste sanft ihre linke Hand, die kraftlos in ihrem Schoss lag. Dann öffnete ich ihr mein Herz und erzählte ihr alles, was in den letzten zehn Tagen geschehen und mir im Kopf herumgegangen war. Sie hörte schweigend zu. Als ich spürte, wie sie schließlich auch meine Hand sanft umschloss und sachte drückte, fühlte ich mich wunderbar befreit. Sie sah mich mit ihren dunkelblauen Augen fest an und die Traurigkeit wich aus ihrem Gesicht.

»Können wir bitte noch einmal von vorne beginnen?«, fragte ich hoffnungsvoll und strich ihr ganz sanft eine Haarsträhne hinters Ohr. »Ich hab dich so vermisst.«

Ganz zärtlich hauchte ich sanfte Küsse erst auf ihre Stirn, dann bedeckte ich auch ihre Wangen und ihren Mund mit mei-

nen Liebkosungen, die sie erst zögernd und schließlich hingebungsvoll erwiderte.

»Lass uns ins Schlafzimmer gehen«, hauchte sie endlich.

Wir lagen zärtlich umschlungen im Bett und Claudias Kopf
ruhte auf meiner Brust. Unsere Finger waren ineinander ver-
flochten wie Efeutriebe, die sich an einer Jugendstilvilla empor-
rankten.

»Diese Flugangst, seit wann hast du sie eigentlich?«, fragte
Claudia ins Dunkel des stillen Zimmers.

Ich küsste behutsam ihre Stirn. »Es begann in New York, als
ich ein kleiner Junge war.«

»Warum? Was ist damals passiert?«

»Es ist zu lange her, ich erinnere mich nicht«, antwortete ich
vage und danach wurde meine Aufmerksamkeit komplett von
Claudias Berührungen in Anspruch genommen, die sich hingebungsvoll ihren Weg von meiner Brust abwärts bahnten.

15 Hollywood

Ich platzierte ein Foto von Claudia und mir auf meinem Flügel. Es war ein Schnappschuss, den wir vor zwei Wochen bei einem Stadtspaziergang gemacht hatten. Das Bild brachte sehr gut rüber, wie ich mich fühlte: einfach nur glücklich. Wir strahlten beide über das ganze Gesicht und drückten unsere Wangen eng aneinander. Jetzt konnte ich ihr Lächeln jederzeit betrachten, wenn ich eine Dosis Glücksgefühle zwischendurch benötigte.

Heute war Claudia bei mir, letzte Woche hatten wir uns bei ihr getroffen. Langsam und Schritt für Schritt gewöhnte ich mich an den Gedanken, dass wir zusammengehörten. Und das war schön. Ich umfasste ihre Taille von hinten und legte mein Kinn sanft auf ihre Schulter.

»Malyschka, mein Liebling, jetzt hast du es bis ganz nach oben geschafft!«

Sie drehte sich lachend zu mir um. »Hurra, endlich bin ich ein Staubfänger auf deinem Klavier! Direkt neben Anton!«

Ich küsste sie und betrachtete das Bild meines Freundes und mir, das links von unserem stand. Mein erster großer Auftritt als Dirigent auf der Weltausstellung in Lissabon mit 13 Jahren und mein Mentor mit stolzgeschwellter Brust neben mir.

»Übrigens, weißt du überhaupt, was heute für ein Tag ist?«, fragte ich und zog einen seidenen Umschlag aus meiner Hosentasche und überreichte ihn ihr. »Heute vor sechs Monaten haben wir gemeinsam auf Godot gewartet.«

»Ja das stimmt, das ist ja schon wieder ein halbes Jahr her! Und du hast daran gedacht und sogar ein Geschenk für mich? Das ist so lieb von dir! Aber ich hab leider keines für dich!«, rief sie und umarmte mich.

Aus der Verpackung entnahm sie ein zartes Silberarmband mit einem kleinen, filigranen Anhänger in Form eines Cellos. Ich half ihr den Armschmuck anzulegen.

»Danke! Es gefällt mir sehr!«

Da läutete ihr Mobiltelefon und ich ging in die Küche um uns Tee zu machen. Nachdem sie aufgelegt hatte, gesellte sie sich zu mir und nahm ihre heiße Tasse Tee entgegen.

»Meine Eltern haben uns zum Essen eingeladen! Wäre es nicht schön, wenn ihr euch endlich kennenlernen würdet?«

Unwillkürlich verkrampfte sich mein Magen. »Aber ich kenne deine Mutter doch schon«, startete ich einen schwachen Abwehrversuch.

»Ja, du hast einen bleibenden Eindruck auf sie hinterlassen, als du vor meiner Wohnungstür geschlafen hast«, lachte Claudia. »Sie glaubt bis heute fest daran, dass du ein Alkoholproblem hast. Ich würde sagen, du kannst den ersten, nicht so guten Eindruck, den du damals hinterlassen hast, nur verbessern, indem du sie ein weiteres Mal triffst.«

Obwohl ich mich nicht gut dabei fühlte, konnte ich Claudia den Wunsch nicht abschlagen. Nach kurzem Zögern stimmte ich dem Treffen zu, das in zwei Wochen bei ihren Eltern zu Hause stattfinden würde. Auch wenn ich mir immer wieder verdeutlichte, dass es sich nur um eine freundlich gemeinte Einladung zu einem unverbindlichen Abendessen handelte, konnte ich den Gedanken nicht abschütteln, dass ich wie ein Schwiegersohn-Anwärter vorgeführt wurde. Bei dem Gedanken beschleunigte sich meine Atmung und ich spürte diese unangenehme Beklemmung um meinen Hals. Ich wand mich unwillkürlich, als versuchte ich einen zu eng gebundenen Schal loszuwerden.

›Stop‹, rief ich mich selbst zur Ordnung. ›Einen Tag nach dem anderen, Schritt für Schritt.‹ Das waren die Probleme von morgen, redete ich mir ein.

Und so fiel mir erst zwei Tage vor dem geplanten Treffen auf, dass es beinahe eine Terminkollision gegeben hätte. ›O nein, das Schwiegersohn–Event‹, dachte ich erschrocken mit einem Blick in meinen Zeitplan und unterdrückte einen Hustenanfall. Die Termine an diesem Tag waren zwar sehr dicht gedrängt, aber ich müsste sie gerade so schaffen, stellte ich mit einem unbehaglichen Gefühl fest.

An eben diesem Sonntag würde der Musikvereinssaal hohen Besuch aus Hollywood bekommen. Der Superstar Tom Cruise war in Wien, weil Teile seines aktuellen Filmes hier gedreht wurden. Als Klassikfan wollte er bei dieser Gelegenheit den berühmten Saal besuchen, in dem alljährlich das Neujahrskonzert stattfand. Natürlich sollte sein Besuch als Publicity für unser Orchester genutzt und Tom Cruise etwas Besonderes geboten werden. Das Sinfonieorchester würde für ihn als Überraschung in einem Mini-Konzert den Donauwalzer und danach eine klassische Fassung der Filmmusik des Blockbusters Mission Impossible spielen. Das würde ihm bestimmt gefallen und der anwesenden Presse ebenso. Für 16 Uhr war Tom Cruise mit seiner Partnerin Vanessa Kirby angekündigt und um 17 Uhr würden wir inklusive Pressefotos spätestens fertig sein. Da blieb gerade noch genug Zeit, um pünktlich gegen 19 Uhr bei Claudias Eltern zu erscheinen.

Als es 16 Uhr wurde und keine Spur von Tom Cruise und Vanessa Kirby zu sehen war, dachte ich mir schon, dass mein Zeitplan auf wackeligen Beinen stand. Ich schaute auf meine

Uhr. Es war 16:15 Uhr, noch kein Grund, nervös zu werden. Meinen Konzertmeister Walentin zuversichtlich anlächelnd klopfte ich mit einem Kugelschreiber den Takt von Mission Impossible auf das Dirigentenpult. Um 16:30 Uhr erhielt ich eine SMS von Claudia, die mich daran erinnerte, unbedingt pünktlich zu erscheinen. Um 16:45 Uhr, Tom Cruise war immer noch nicht eingetroffen, wurde mir heiß, als mir einfiel, dass ich für Claudias Mutter auch noch Blumen besorgen musste.

Endlich um 17:00 Uhr hörten wir Stimmen, die Hollywood-Superstars erschienen im Musikvereinssaal. Im Schlepptau hatten sie eine Pressemeute, wie sie sonst nur zum Neujahrskonzert in diesem Raum zu sehen war, und sogar die örtliche Gemeindepolitik, die auch ein wenig Hollywoodglanz abstauben wollte, war gekommen. Ich blickte verstohlen auf meine Uhr und merkte mit Entsetzen, dass es ganze 30 Minuten gedauert hatte, bis Tom Cruise in holprigem Englisch willkommen geheißen und im Saal herumgeführt worden war, schließlich mit Vanessa Kirby Platz genommen hatte und bereit für unsere Vorführung war.

Sie waren hingerissen und klatschten begeistert, als wir den Donauwalzer für sie gespielt hatten. Der Vizebürgermeister der Stadt Wien lehrte die Stargäste das deutsche Wort »Zugabe«, das sie begeistert riefen. Es folgte unsere Klassikversion von Mission Impossible, Tom Cruise lachte freundlich und schien beeindruckt.

»Zugabe, Zugabe«, riefen Vanessa Kirby und der Vizebürgermeister im Duett.

Nach einem weiteren Walzer Wiener Blut bekam ich einen Schreck, als ich auf die Uhr sah. Es war 18:15 Uhr und es zeichnete sich ab, dass ich zum Abendessen zu spät kommen würde.

Nun verabschiedeten sich endlich die Orchestermusiker und da kam mir die Idee, dass ich Claudia und ihrer Mutter ein Autogramm von Tom Cruise und Vanessa Kirby mitbringen könnte. Einerseits als Ersatz für die Blumen, die ich aus Zeitgründen nun nicht mehr kaufen konnte, und andererseits als Beweis, dass ich von einem echten Hollywoodstar aufgehalten worden war. Dadurch erhoffte ich mir insgeheim mildernde Umstände.

Meiner Bitte kamen Tom Cruise und Vanessa Kirby sehr gerne nach und signierten Notenblätter von Mission Impossible für mich. Allerdings hatte ich nun Tür und Tor zu einem Geplänkel und einer nicht enden wollenden Konversation geöffnet, der ich mich nicht entziehen konnte, ohne komplett unhöflich zu wirken. Der Intendant ließ Champagner servieren und ich sah die nächste Viertelstunde verrinnen. Ein Gläschen würde meinem trockenen Hals bestimmt guttun, durch den ich den ganzen Tag über schon so schlecht Luft bekam. Ich trank mein Glas so schnell wie möglich leer, um endlich wegzukommen, was Vanessa Kirby nicht entgangen war.

»Sie sind aber durstig«, rief sie auf Englisch und ließ mir noch einmal nachschenken.

Danach wollte sie von mir wissen, warum Dirigenten mit dem Stab immer diese eigenartigen Zeichen in die Luft machten und was sie bedeuteten. Die Beantwortung dieser Frage dauerte länger als 10 Minuten und ich gab ihr ein paar anschauliche Beispiele, die sie zum Lachen brachten. Normalerweise trank ich sehr selten Alkohol und weil ich wegen der Einladung bei Claudias Eltern an diesem Tag kaum etwas gegessen hatte, spürte ich nach dem dritten Glas die Wirkung des Champagners.

Walentin beobachtete mich mit Sorge und flüsterte mir ins Ohr: »Wolltest du nicht früh weg heute?«

Darauf legte ich ihm freundschaftlich den Arm um die Schultern und flüsterte zurück: »Ich gehe gleich.«

Doch ich konnte in diesem Moment noch nicht gehen, weil ich mich gerade mit Tom und Vanessa so gut unterhielt. Ich gab Anekdoten aus meinem Dirigentenleben zum Besten, über die Vanessa laut lachte und Walentin die Stirn runzelte. Bei Nummer vier hörte ich auf die Champagnergläser zu zählen.

Schließlich mussten Vanessa und Tom weiter, der Vizebürgermeister hatte als Nächstes einen Abstecher ins Cafe Central im Palais Ferstel arrangiert. Wir verabschiedeten uns gut gelaunt voneinander. Vanessa ließ sich sogar noch ein Autogramm von mir geben und bat mich meine Telefonnummer auf ein Notenblatt zu schreiben.

Bei einem Blick auf die Uhr stellte ich fest, dass es 20:30 Uhr war und ich damit bereits eineinhalb Stunden Verzug hatte.

›Höchste Zeit aber jetzt‹ dachte ich mir und Walentin half mir ein Taxi aufzutreiben. Mein Blick auf das lautlos geschaltete Handy meldete fünf verpasste Anrufe und ebenso viele SMS von Claudia, die ich mich nicht zu lesen traute.

»Darling, I am on my way«, schrieb ich ihr stattdessen beschwingt.

Die angegebene Adresse von Elena und Heinrich Muth führte mich zu einer herrschaftlich anmutenden Jugendstilvilla im Nobelviertel des Wiener Bezirks Hietzing. So wie ich sie kennengelernt hatte, passte das Respekt einflößende Gebäude ausgezeichnet zu Claudias Mutter Elena, das kühl und von oben auf mich herunterschaute.

Ich läutete Sturm an der Gartentür, die sich mit einem Ton öffnete, der auf mich dieselbe Wirkung hatte wie eine Ladung Eiswürfel im Halsausschnitt. Ich schüttelte mich kurz und folgte danach konzentriert, um keinen schwankenden Eindruck zu erwecken, einem noblen Gehweg durch den biederen Vorgarten bis zur Eingangstür der Villa. Dort erwarteten mich Claudia und Elena, Letztere mit angesäuertem Gesichtsausdruck.

»Hallo, meine Schöne«, rief ich und umarmte Claudia leidenschaftlich. Ich versuchte ihr einen langen, dicken Kuss auf den Mund zu drücken, den sie aber abwehrte.

»Danilo, wo warst du denn so lange? Wir warten seit fast zwei Stunden auf dich«, sagte sie vorwurfsvoll.

»Das werdet ihr mir nicht glauben. Ich war auf einer Mission Impossible«, antwortete ich und wandte mich Elena zu. »Verzeihen Sie meine späte Ankunft, gnädige Frau! Als Entschuldigung überbringe ich Ihnen die Grüße von einem echten Superstar!«

Mit einer kleinen Verbeugung zog ich das Notenblatt hervor, das ich mir vorn in den Hosenbund gesteckt hatte. Elena nahm mit angewidertem Blick, ohne ein Wort zu sagen, die zerknitterten Blätter mit zwei Fingern entgegen und faltete sie auseinander.

»For Vanessa, with lots of love, Danilo Orlow - 0664 9939 3129«, las Elena laut vor. »Soll das ein Witz sein?«

»Oh, ah, nein.« Ich lachte laut auf, doch schlagartig wurde mir heiß. »Verzeihung, das ist eine Verwechslung.«

Bei der Verabschiedung von Tom und Vanessa mussten wir die gleich aussehenden Notenblätter mit den Autogrammen vertauscht haben. Peinlich, peinlich. Claudia schüttelte den Kopf und stellte mir ihren Vater Heinrich vor.

»Sehr erfreut«, sagte ich und schüttelte ihm die Hand. Er wirkte harmlos und freundlich. »Ein wunderschönes Haus haben Sie.«

»Danke, bitte kommen Sie herein.«

»Es ist eine Jugendstilvilla aus dem Jahr 1899 von dem Architekten Ferdinand Fellner Junior«, belehrte mich Elena spitz und führte uns durch einen imposanten Vorraum. »Das Essen wird im Speisesalon serviert. Bitte hier entlang«

Auf einem Esstisch mit einem weißen, spitzenbesetzten Tischtuch standen antikes Porzellangeschirr und kristallene Gläser. Ein schlecht besuchtes Museum hätte mehr Wärme ausgestrahlt. Mich kitzelte es im Hals und ich öffnete hüstelnd die beiden oberen Knöpfe meines Hemdes.

»Wunderschön«, kommentierte ich die Gedecke wohlerzogen, worauf sich Elena dazu bemüßigt fühlte, mir Details zu den einzelnen Stücken zu erklären und die Herkunft jedes einzelnen Tellers lückenlos bis ins 19. Jahrhundert darzulegen.

Ich unterdrückte ein Gähnen und überlegte, was es wohl zu essen geben würde.

»Ein Glas Champagner als Aperitif?«, bot Heinrich an.

Innerlich schüttelte es mich, eigentlich wollte ich Wasser, aber ich nahm den Champagner höflich dankend an.

Dann öffnete sich die Tür und eine schwarz gekleidete Frau schob einen Servierwagen beladen mit allerlei Platten und Schüsseln herein.

»Der Entenbraten war zwei Stunden zu lange im Rohr«, sagte die Dame und warf mir einen vorwurfsvollen Blick zu. »Bitte sehr.«

Sie legte jedem von uns ein paar dunkle, trockene Schnitte Fleisch auf den Teller, dazu einen Löffel verkochtes Rotkraut und einen Kartoffelknödel, mit dem man das filigrane Porzellan hätte einschlagen können.

»Guten Appetit«, sagte sie spitz und verschwand wieder aus dem Speisesalon.

Heinrich schenkte uns einen schweren Rotwein ein, den ich tapfer hinunterschluckte. Wir kauten auf dem zähen Fleisch herum und ich zwinkerte Claudia unauffällig zu, die stumm den Kopf schüttelte. Sie bedachte mich mit Blicken, die ich gelinde gesagt, als nicht liebevoll deuten musste.

»Köstlich«, sagte ich.

Anschließend führte ich ein anstrengendes Gespräch mit Heinrich über dessen frühere berufliche Tätigkeit. Es fiel mir zunehmend schwer, ihm zu folgen, als er mir die Stationen seiner Beamtenkarriere erläuterte, und trank daher noch ein Glas Rotwein. Ich begann mich nach meinem Bett zu sehnen, der viele Alkohol war mir längst zu Kopf gestiegen.

»Bitte kommen Sie mit in den Wohnsalon«, forderte Elena uns nach Beendigung des Essens auf und ich versuchte ihr in einer geraden Linie zu folgen.

Heinrich servierte uns einen Cognac zur Verdauung und ich nahm auf einem herrlich bequemen Sofa Platz, in das ich einsank wie in Wolken. Claudia saß neben mir, Elena und Heinrich setzten sich uns gegenüber. An der Rückenlehne befand sich in Kopfhöhe ein behagliches Nackenpolster, an dem ich mich gemütlich anlehnen konnte. Meine Augenlider und meine Zunge fühlten sich so schwer an wie der Konzertflügel im Musikvereinssaal.

»Sehr scheen«, sagte ich behäbig und Elena verstand das als Aufforderung, uns ihre Überlegungen bei der Auswahl dieser Sitzgelegenheit im Detail zu schildern. Ich versuchte nach der Hand von Claudia zu greifen, erwischte sie aber nicht.

›Nur einen Moment die Augen zumachen‹, war das Letzte, was mir in den Sinn kam.

»Das ist doch unerhört«, fraß sich als Nächstes Elenas aufgebrachte Stimme in mein Bewusstsein und Claudia rüttelte an meiner Hand. Ich fuhr hoch aus einem ganz kurzen Nickerchen, das maximal eine halbe Minute gedauert haben konnte, und schaute mich desorientiert um.

»Sie sind eingeschlafen, schon wieder. Sie haben sogar geschnarcht«, sagte Elena scharf, in Anspielung an unser erstes Treffen, und Heinrich unterdrückte ein Grinsen.

Statt einer Antwort erfasste mich so heftiger Schluckauf, dass mein ganzer Körper unkontrolliert zuckte.

»Komm, lass uns gehen«, erlöste mich Claudia von diesem langen Abend, aber ich hörte in ihrer Stimme die Enttäuschung über mich mitschwingen, was mich mehr traf als laute Vorwürfe oder eine Standpauke.

Auf der Heimfahrt sagte sie kein einziges Wort und bei ihr zu Hause angekommen bat sie mich auf der Couch zu übernachten.

Ich wälzte mich auf der unbequemen Schlafgelegenheit hin und her. Selbstvorwürfe aufgrund des missglückten vergangenen Abends und Sorgen wegen Claudia ließen mich erst spät in einen traumlosen Schlaf fallen.

Am nächsten Morgen weckte mich das Geklapper von Geschirr aus der Küche. Mein Kopf schmerzte und mein Magen fühlte sich flau an. Mit hängenden Schultern schlurfte ich reumütig zu Claudia nach nebenan. Sie hatte den Frühstückstisch fertig gedeckt und bereits Platz genommen. Zerknirscht ging ich nahe bei ihr in die Hocke, schaute beschämt zu ihr hoch und legte behutsam meine Hand auf ihr Knie.

»Liebling, es tut mir so leid. Ich habe mich unmöglich benommen.«

Ihr Schweigen quälte mich noch mehr als ihr Blick, der ernst auf mir ruhte. Schließlich sagte sie traurig: »Ich wollte dich ganz stolz meinen Eltern vorstellen und ihnen zeigen, was für ein lieber und toller Mann du bist. Sie sollten erkennen, wie glücklich du mich machst, und vor allem wollte ich Mutter beweisen, dass sie sich in ihrer schlechten Meinung über dich irrt. Das ist ja ganz schön missglückt.«

Sie lächelte mich schief an und ich nahm auf dem Stuhl neben ihr Platz. Widerstrebend ließ sie sich von mir sanft auf meinen Schoß herüberziehen und behutsam drücken. Endlich umarmte sie mich auch. Sie legte ihren Kopf auf meine Schulter und ich erzählte ihr alles, was am gestrigen Nachmittag geschehen war.

Als ich geendet hatte, fragte sie nachdenklich: »Ich verstehe immer noch nicht ganz, wieso du dich nicht rechtzeitig höflich verabschieden konntest. Stattdessen hast du dich betrunken, was dir überhaupt nicht ähnlich sieht. Hast du etwa wieder diesen Druck verspürt? «

Ich nickte vage. »Ja, schon.«

Sie sah mich mit ihren klugen, wachen Augen an. »Danilo, du musst dir professionelle Hilfe suchen.«

»Damals, als wir in New York lebten, haben meine Lehrer meinem Vater auch schon dazu geraten, denn als Siebenjähriger begann ich zu hyperventilieren, wenn Lifttüren sich hinter mir schlossen. Und als ich einmal mit dem Jungen Orchester New Yorks nach Los Angeles zu einem Auftritt fliegen sollte, da passierte das Gleiche. Als wir einstiegen, überkam mich die

Panik. Ich schrie und weigerte mich ins Innere weiterzugehen. Die Flugbegleiter wollten mich beruhigen, doch ich schlug und trat wie von Sinnen um mich. Es blieb schlussendlich nichts anderes übrig, als mich aussteigen, abholen zu lassen und die Maschine mit dem Rest des Orchesters an Bord mit eineinhalb Stunden Verspätung allein fliegen zu lassen. Das Ensemble musste leider ohne Pianisten auskommen. Da legte die Schulleitung meinem Vater dringend nahe mir psychologische Hilfe zu suchen. In seiner für die Zeit üblichen Rolle als starkes Oberhaupt der Familie, zusätzlich noch mit russischen Wurzeln, lehnte er die Unterstützung kategorisch ab, die er als Blödsinn und ›nur was für Bekloppte‹ abtat. Zum Glück stand mir meine Oma zur Seite.«

»Und du hast seither noch nie einen Arzt oder Psychologen aufgesucht?«

»Nein, seit damals haben wir die Reisen langfristig geplant und sind mit dem Zug oder Schiff gefahren.«

»Das musst du aber nun wirklich in Angriff nehmen! Übrigens, du siehst absolut schrecklich aus!«

»So fühle ich mich auch, wie seekrank mit einem kolossalen Brummschädel.«

»Was machen wir da?«

»Gehen wir ins Bett und kuscheln ein wenig?« Ich blickte sie mit hochgezogenen Augenbrauen an.

Sie betrachtete mich und schenkte mir schließlich ein breites Lächeln. »Na gut, lass uns gehen.«

16 Tango

Der Blattbewuchs über mir wurde spärlicher und kurz darauf trat ich auf die vertraute Lichtung hinaus. Tief in meine Gedanken versunken hatte ich gar nicht bemerkt, wie schnell die Stunde herumgegangen war.

Marc entdeckte mich als Erster und lief mir entgegen. »Danilo, du lebst!«

Ich wurde begrüßt wie ein verlorengegangener Sohn und freute mich sogar meine Zwangsmitbewohner wiederzusehen. Wir setzten uns um den steinernen Tisch zusammen und sie hörten sprachlos zu, als ich ihnen von meinen Erkenntnissen erzählte und den Plan erläuterte.

»Wie gut, dass du vom Baum gefallen bist!«, lachte Marc.

Jetzt fühlte ich mich voller Hoffnung und Tatendrang. Jetzt würde alles gut werden, ich würde zurückkehren und Claudia um Verzeihung bitten. Ob sie mir noch einmal vergeben könnte? Wenn nicht, dann wäre alles vorbei. Ein Leben ohne sie konnte ich mir nicht vorstellen.

»Jetzt, da wir wissen, warum sie die Musik so lieben, legen wir doch noch eins drauf«, sagte Michael.

»Ja, bringen wir sie zum Glühen!«, rief Marc.

Und Tom sagte nur ein Wort: »Tango.«

Danach begannen wir an einer schmalzigen Version des berühmten Klassikers *Tango por una cabeza* zu feilen, die wir am Abend darbieten wollten.

Die Dämmerung setzte ein und eine der beiden Sonnen war gerade dabei, hinter dem grünen Horizont des endlosen Waldes zu verschwinden. Ich saß auf der Wiese neben dem Höhleneingang und beobachtete, wie die ersten Sterne am Himmelszelt auftauchten. Was Claudia wohl jetzt gerade machte? Ich fühlte mich wie ein Frosch, den Kinder in ein Marmeladenglas gesperrt hatten und der sehnsuchtsvoll von seinem Froschmädchen im kühlen Teich träumte. Doch der Frosch war nun nicht mehr hilflos, er würde bald von einer Hexe befreit werden und zu seiner Bestimmung zurückkehren, die da irgendwo ganz weit weg, am anderen Ende des Teichs lag.

Der schwermütige Klang der Geigen durchschnitt die Stille und ich stellte mir vor, wie die Schwingungen der Musik den Wald wie ein ins Wasser geworfener Stein durchdrangen und die unsterblich gewordenen Hexen anlockten. Und da sah ich auch schon das Flirren der Luft hier und dort. Hinter dem Tisch, neben dem Orchester und direkt vor mir tauchten wie aus dem Nichts die Lichtgestalten auf. Als eines der ersten Lichtwesen war wieder jenes mit dem rötlichen Schein aufgetaucht, dass eine Art Sonderstellung unter den Hexen zu haben schien. Vielleicht war es Maja. Jetzt da wir alle um das Geheimnis der magischen Musik wussten, konnte man ganz deutlich hören, dass sich das kleine Orchester noch mehr bemühte. Der Tango transportierte alle Eigenschaften, die das Leben selbst ausmachten: Liebe, Leidenschaft, Lebendigkeit aber auch Traurigkeit.

Noch mehr Lichtwesen als am vergangenen Tag ließen sich auf der Lichtung blicken. Es mussten bereits über dreißig leuchtende Erscheinungen sein. Einige begannen ungelenk im Rhythmus der Musik mit zuwanken und schaukelten hin und her.

Nachdem das Hauptthema des Tangos *Por una cabeza* das erste Mal von den Geigen durchgespielt worden war und als die Gitarre einsetzte, legte Tom sein Instrument ab und ging langsam auf Christine zu, die ihre Geige überrascht senkte. Er nahm ihr mit einer behutsamen Bewegung das Instrument ab, legte es neben sich auf den Boden und reichte ihr die Hand als Aufforderung zum Tanz. Christine verstand und strahlte ihn an. Als gebürtiger Musiker und Argentinier beherrschte Tom die Schritte des Tangos perfekt. Die Luft schien um die beiden zu knistern, als sie sich tief in die Augen schauend im Takt der Musik bewegten. Es waren nur kleine Bewegungen, die nicht viel Raum einnahmen. Jedoch verrieten Haltung und Position ihrer Körper zueinander Stolz und ihre Mimik wie auch Blicke vermittelten pure Leidenschaft. Sie waren so konzentriert aufeinander, dass sie ihre Umgebung schier ausgeblendet hatten.

Immer mehr Lichtwesen tauchten aus dem Hintergrund auf, die ihren Kreis immer enger um uns zogen. Etliche zirkulierten über unseren Köpfen und flogen von der Musik gebannt dort ihre Bahnen.

Die Geigen spielten so brennend und voller Schmelz, dass ich die Romantik förmlich in der Luft erfühlen konnte. Die Hexen schienen diese Schwingungen genauso zu spüren, wie ich die Musik hörte. Sie wurden immer lebhafter und ausgelassener, wogen sich im Takt, ja manche schwebten sogar paarweise gegenüber und schienen die Tanzschritte von Tom und Christine nachzuahmen. Die Hexen erfüllten die Luft mit einem Flirren und Rauschen. Ab und zu meinte ich ein aufgekratztes Kreischen zu vernehmen. Mehr und mehr wandte ich meine Aufmerksamkeit von den Hexen ab und der Musik zu, die mein Herz berührte und die Sehnsucht in mir befeuerte.

Die Lichtwesen kamen immer näher heran und bedrängten uns, als ob sie etwas von uns in sich aufsaugen wollten. Fünf Lichtkörper umzingelten mich, aus denen mich die eingeschmolzenen Augen der Hexen unheimlich anstierten. Ich fühlte mich wie ein Taucher im offenen Meer, der von einem Rudel Haifische eingekreist wurde. Die wilde Ausgelassenheit der Lichtgestalten hatte die Grenze zu einer unangenehmen Zudringlichkeit überschritten. Der Sog ihrer Energien zog und zerrte aus verschiedenen Richtungen an mir, als ob unter ihnen ein Streit um mich ausgebrochen wäre. Obwohl ich mich mit aller Kraft dagegen stemmte, spürte ich, wie meine Balance zu verlieren drohte. Meine linke Seite wurde von einem Energiefeld erfasst und meine Rechte von einem anderen. Wie ich das Gefühl hasste, herumgezerrt zu werden und dass jemand anderes gegen meinen Willen die Kontrolle über mich nahm.

In Panik mobilisierte ich alle Reserven, versuchte mich den energetischen Griffen zu entwinden und schrie so laut ich konnte »Stop!«, denn die Musik musste sofort aufhören. Mein Puls raste, mir war heiß und ich bekam kaum noch Luft.

»Lass mich los«, brüllte ich rasend vor Wut. »Lass mich los.«

Die Musik stoppte und ich fiel, plötzlich losgelassen, schwer atmend auf die Knie. Ich keuchte und trocknete mein Gesicht. Liefen mir denn tatsächlich Tränen des

Zorns über die Wangen? So hatte ich mich selbst noch nie erlebt. Susanna und Christine eilten zu mir, doch ich winkte ab.

Einige Lichtwesen streunten noch eine Zeit lang wie verloren um uns herum. Sie flogen kreuz und quer, wild durcheinander, als ob sie auf der Suche nach noch mehr Musik waren und ihren Rausch noch gern fortgesetzt hätten.

Endlich lichtete sich das Durcheinander an herumwirbelnden Erscheinungen und sie begannen zu verschwinden, so wie sie gekommen waren. Eine nach der anderen löste sich vor unseren Augen in Luft auf.

Susanna legte mir fürsorglich eine Hand auf die Schulter. »Ist wirklich alles okay?«

Ich nickte rasch, doch mein Pulsschlag normalisierte sich nur langsam wieder.

Marc deutete auf die steinerne Platte, auf der die Lichtwesen unsere Mahlzeiten hinterlegt hatten. »Schaut euch das an!«

Sie war bis zum Bersten gefüllt. Es gab Weißbrot und dunkles Brot, Rosinenbrot, Honigtöpfe, Butter, Reis, Trauben, Trockenfrüchte, verschiedene Käsesorten, Walnüsse, Eier, Kuchen, einige Krüge mit Honigmet, Bier, Wein und auch der Rumtopf war uns wieder gebracht worden, bei dessen Anblick es mich schüttelte.

Ich half Tom dabei, Holz für ein Feuer aufzuschichten, und hoffte inständig darauf, dass dies mein letztes Essen hier sein würde. Jeden Moment konnte Els auftauchen und mich zum Aufbruch meiner Heimreise abholen. Also aß ich etwas um mich zu stärken.

Die züngelnden Flammen der Feuerstelle entspannten mich endlich und übten eine hypnotische Wirkung auf mich aus. Es war mir unmöglich, den Gesprächen der anderen zu folgen, denn wie automatisch kehrten meine Gedanken zu Claudia zurück.

17 Kalinka

An einem Mittwochnachmittag im Juni probten wir gerade mit höchster Konzentration Haydns Sinfonie Nummer 21, da nahm ich eine Bewegung am unbeleuchteten Saaleingang wahr. Jemand hatte den Raum betreten und näherte sich im Halbdunkel langsam der Bühne. Das war an sich nichts Ungewöhnliches, jedoch beschleunigte sich mein Puls, als ich Claudia erkannte, die aus dem Schatten trat. Wir waren doch erst für übermorgen verabredet?

Ich unterbrach die Probe. »15 Minuten Pause bitte.« Dann verließ ich das Dirigentenpult und ging Claudia erfreut entgegen, die ihren ehemaligen Arbeitskollegen kurz zuwinkte. »Liebling, was für eine Überraschung, was machst du denn hier?«

Wir küssten uns zur Begrüßung. »Ich muss dir ganz dringend etwas zeigen. Können wir kurz rausgehen?«, fragte sie ganz zappelig.

Im Foyer zückte sie ihr Smartphone. »Vor einer Stunde war meine Mutter bei mir, die gerade von einer Reise aus St. Petersburg zurückgekommen ist. Sie sagte, dass ich stark sein müsse und mich hinsetzen solle. Und dann zeigte sie mir diese Fotos auf ihrem Handy ...« Erwartungsvoll hielt Claudia mir ihr Mobiltelefon entgegen.

Auf dem ersten Foto war ich zu sehen, wie ich Hand in Hand mit einer hübschen brünetten Frau, die nicht Claudia war, über einen Flughafen spazierte. Das zweite Bild zeigte uns, wie wir uns vor dem Gepäckband umarmten und zärtlich küssten. Es war eine ganze Fotostrecke, viele Bilder waren stark herangezoomt und zeigten mich ganz nah und deutlich. Dieser Mann war eindeutig ich. Wie konnte das nur sein? Und dann verstand ich es. Aufgeregt vergrößerte ich die Fotos im Zoom noch stär-

ker, so groß wie nur irgendwie möglich. Ich sah Claudia wissend an und dann umarmten wir uns voller Freude.

»Das muss Nikolaj sein, das gibt's doch nicht!« Fieberhaft scrollte ich noch einmal durch alle Bilder. »Vielleicht lebt er jetzt in St. Petersburg?«, mutmaßte ich. Nach meinen eigenen ergebnislosen Nachforschungen wusste ich nur, dass sich Mutters und seine Spur in Deutschland Mitte der 1990er Jahre verlor.

Claudia sagte grinsend: »Als ich meiner Mutter von Nikolaj erzählt hatte, sagte sie, dass sie diese verrückte Geschichte erst glauben würde, wenn ihr Hand in Hand auf ihrer Türschwelle vor ihr stehen würdet.«

Die Reaktion von Elena überraschte mich nicht, aber ich hatte jetzt endlich eine richtig heiße Spur und die Möglichkeit, ernsthaft nach ihm zu suchen. So viele verlorene Jahre standen zwischen uns und nichts wünschte ich mir mehr als einen Neubeginn.

Ich umfasste Claudias Taille, hob sie hoch und wirbelte sie herum, sodass sie laut auflachte. Ein paar Musiker, die in einigen Metern Entfernung standen, schauten grinsend zu uns herüber.

Von diesen neuen konkreten Anhaltspunkten angefeuert überwand ich endlich mein Zögern und beauftragte noch am selben Abend einen Privatdetektiv mit der Suche nach Nikolaj in Russland.

Mit dem Hinweis auf St. Petersburg war der Privatdetektiv tatsächlich nach kurzer Zeit erfolgreich. Er hatte ihn dort ausfindig gemacht und mir eine Adresse genannt. Als Kind war sein Nachname geändert worden, vermutlich in den neuen Namen unserer Mutter, die wieder geheiratet hatte.

Es drängte mich, jetzt nicht noch mehr Zeit verstreichen zu lassen. Wie würde er reagieren, wenn ich plötzlich vor seiner Tür stand?

Unendlich aufgeregt, aber wild entschlossen packte ich ein paar Sachen zusammen, um den nächsten Zug nach St Petersburg zu nehmen. Claudia begleitete mich zum Bahnhof und verabschiedete mich mit vielen Küssen. Sie fuhr nicht mit nach Russland, denn ich hatte das Gefühl, diese Reise allein bewältigen zu müssen.

Auf der langen Fahrt überlegte ich ständig, wie ich vorgehen sollte. Erst anrufen oder gleich zur angegebenen Adresse fahren und mit der Tür ins Haus fallen? Vor Aufregung konnte ich kaum ein Auge zumachen. Endlich nach zähen fast 24 Stunden erreichte ich mein Ziel.

Ich würde direkt zu seiner Adresse fahren, ohne vorher anzurufen, denn ich wollte ihn endlich Angesicht zu Angesicht sehen, nicht erst noch telefonieren.

Am Bahnhof suchte ich mir ein Taxi und kam am späten Nachmittag endlich am Ziel an, einem eleganten Einfamilienhaus in einem St. Petersburger Vorort. Ich bezahlte den Fahrer und überzeugte mich mit vor Aufregung zitternden Händen, dass die Hausnummer auf dem Stück Papier mit der vor mir befindlichen Hausnummer übereinstimmte. Natürlich entsprachen sie sich. Mit rasendem Herzen überwand ich mich endlich und drückte auf die Klingel des imposanten Gartentors.

Jetzt würde gleich die Tür aufgehen und mein so schmerzlich vermisster Zwillingsbruder Nikolaj vor mir stehen. Vor fünfundzwanzig Jahren hatten wir uns nach der qualvollen Trennung unserer Eltern aus den Augen verloren und seither hatte ich mich so sehr nach seiner Gegenwart gesehnt, als ob ein elementarer Teil von mir fehlen würde. War es ihm auch so gegangen, oder war er als der Robustere von uns beiden irgendwann zur Tagesordnung übergangen und hatte mich aus seiner Erinnerung verdrängt? Würde er sich überhaupt freuen mich wieder zu sehen? Oder würden wir uns nach so langer Zeit befangen wie zwei Fremde gegenüberstehen? Vielleicht wäre es doch besser gewesen vorher anzurufen, um ihn nicht dermaßen zu überfallen? Tausende Gedanken schossen mir durch den Kopf.

Da öffnete sich die Haustür und Nikolaj trat heraus. Er erstarrte einen Augenblick und glaubte wohl seinen Augen nicht trauen zu können.

»Danilo?«, rief er schließlich. Er kam über den Gartenweg zum Tor gelaufen, riss es auf und wir umarmten uns so fest, dass mir beinahe die Luft wegblieb.

»Danilo, Danilo, bist du es wirklich?«, rief er atemlos in unserer russischen Muttersprache.

Freudentränen rannen uns beiden über die Wangen. Er küsste mich links und rechts, dann noch einmal links und wieder rechts. Schließlich schob er mich von sich weg und betrachtete mich genau. Immer noch glichen wir uns wie ein Ei dem anderen. Wir hatten sogar beide fast die gleiche Frisur, kurzgeschnittenes beinahe schwarzes Haar. Mein Körper schien schmächtiger und um die Schultern nicht so muskulös zu sein wie jener meines Bruders, aber sonst ähnelten wir uns absolut.

Endlich hatten wir uns wiedergefunden. Er wuschelte mir lachend durch die Haare, sodass ich mich sofort in unsere Kindheit zurückversetzt fühlte. Dann legte er den Arm um mich.

»Was für eine Freude! Komm rein, kleiner Bruder!« Wir gingen ins Haus. Alle meine Befürchtungen, die ich im Vorfeld gehabt hatte, waren unbegründet gewesen. Die Verbindung zwischen uns war auch nach 25 Jahren noch intakt.

»Annabel«, rief er laut in den ersten Stock hinauf und grinste, »kommst du mal bitte?«

Annabel, die junge Frau von Elenas Flughafenfotos, betrat das Wohnzimmer und zuckte zusammen, als sie uns beide nebeneinander auf der Couch sitzen sah. Sie schaute irritiert von einem zum anderen. Dann stellte Nikolaj uns einander vor.

»Wie ist es dir gegangen in all den Jahren?«, fragte ich danach bei einer Tasse Tee.

»Nachdem Vater, Oma und du weg wart, ist Mutter mit mir nach Helsinki gezogen, wo sie bald darauf wieder geheiratet hat.«

»Dann ist klar, warum alle meine Briefe zurückgekommen sind«, sagte ich.

»Ich habe auch vergeblich Briefe an euch geschrieben.«

»Vermutlich hat Vater sie abgefangen«, sagte ich.

»Oder Mutter hat sie gar nicht erst abgeschickt, sie war damals sehr frustriert. Mit ihrem zweiten Mann lief es wieder nicht gut und sie haben sich 12 Stunden am Tag Wortgefechte geliefert, also es war alles wie gehabt. Damals habe ich dich so vermisst und musste immer daran denken, wie wir uns nachts gegenseitig die Ohren zugehalten haben, weißt du noch?

Es war fast nicht auszuhalten und ich konnte es kaum erwarten, endlich 18 zu werden, denn an diesem Tag bin ich von zu Hause weggegangen. Fast ohne Geld und nur mit einem Rucksack voller Habseligkeiten bin ich zu einer Weltreise aufgebrochen. Ich bin drei Jahre lang unterwegs gewesen und hab mich mit Gelegenheitsjobs durchgeschlagen. In den Vereinigten Staaten lernte ich einen Geschäftsmann kennen, der einen Handel mit medizinischen Spezialprodukten betrieb. Zunächst arbeitete ich als Bote für ihn. Als er feststellte, dass ich neben Englisch auch noch Russisch, Deutsch und Finnisch sprach, betraute er mich mehr und mehr mit wichtigeren Arbeiten. Er wollte in Russland geschäftlich Fuß fassen und da konnte ich ihm beim Etablieren neuer Kontakte behilflich sein.

Im Lauf der Zeit entwickelte sich zwischen uns eine tiefe Freundschaft und er wurde dann sogar so etwas wie ein Ersatzvater für mich. Schließlich überließ er mir obendrein die Leitung der russischen Niederlassungen mit Zentrale hier in St. Petersburg, wo ich nun seit fünf Jahren lebe. Und drei Jahre davon mit Annabel.« Dabei legte er seinen Arm um seine Freundin und sie küssten sich innig.

»Und wie ist es dir ergangen? Spielst du noch Klavier?«

»Du interessierst dich wohl immer noch nicht für klassische Musik, oder?«, fragte ich grinsend und er schüttelte heftig den Kopf.

»Vater hatte in New York eine Stelle bei den New Yorker Philharmonikern bekommen und ich ein Stipendium an einer der weltbesten Privatschulen für Musik. Ich litt auch sehr unter der Trennung von Mutter und dir, es dauerte ewig, bis ich sie halbwegs verdaut hatte. Zum Glück hatte ich Oma bei mir.

Das Leben mit Vater war aufreibend, Oma und ich waren nichts weiter als seine Anhängsel. Bald hatte er eine neue Freundin namens Lisa, die ich nach Anfangsschwierigkeiten sehr gern mochte, denn ihr Herz saß am rechten Fleck. Wie Oma wollte sie mich auch aus meiner abgeschiedenen Welt holen, die sich vorrangig am Klavier abspielte. Sie ging mit mir auf Spielplätze oder ins Kino und war eine liebe Frau. Doch bald begannen wieder Reibereien, diesmal zwischen Vater und Lisa. Und als auch diese Beziehung nach drei Jahren in die Brüche ging, beschloss er Hals über Kopf nach Moskau umzuziehen und wir mussten natürlich wieder mit. Wobei Oma vor Freude ganz aufgelöst war, sie hatte schon gedacht ihre alte Heimat überhaupt nicht mehr wiederzusehen.«

»Ja, sie hat immer von Russland geträumt. Ich weiß noch, wie sie in Köln täglich sehnsuchtsvoll die Kalinka auf dem alten Plattenspieler aufgelegt hat.«

Ich musste bei der Erinnerung daran lächeln. »Ja, sie war sehr froh darüber zurückzukehren. In Moskau hatte ich das Glück Anton Iljin, einen Dirigenten, kennenzulernen, von dem ich viel gelernt habe, und ich wurde schließlich auch Dirigent. Jetzt wohne ich in Wien.«

»Echt, das ist toll!«, sagte Nikolaj und klopfte mir anerkennend auf die Schulter. Er rührte nachdenklich in seiner Tasse. »Wie geht es Vater?«

»Ich weiß es nicht, denn bei mir war es ähnlich wie bei dir und als Teenager zählte ich die Tage, bis ich volljährig wurde. Damals lebten wir in Sydney und mit achtzehn bin ich allein nach Philadelphia gezogen, wo Anton mir eine Stelle beim Philadelphia Orchestra vermittelt hatte. Das letzte Mal habe ich ihn vor acht Jahren gesehen, bei Omas Beerdigung.«

»Unsere Oma, sie war die Beste«, sagte Nikolaj bewegt und drückte meine Hand.

»Und seither habe ich ihn nicht mehr gesehen, ich möchte keinen Umgang mehr mit ihm.«

»War es so schlimm?«

Ich nickte. »Aber ich will die Vergangenheit ruhen lassen und lieber in die Zukunft schauen. Was ist mit Mutter und dir?«

»Wir telefonieren ab und zu, es geht ihr gut. Sie lebt noch in Helsinki und würde sich bestimmt wahnsinnig freuen, dich zu sehen, möchtest du?«

»Nein, im Moment besser nicht. Ich habe mich viele Jahre so sehr nach ihr gesehnt, dass ich das einzige Bild, das mir nach der überhasteten Abreise geblieben war, jeden Abend vor dem Schlafengehen geküsst habe. Aber mit der Zeit habe ich mich immer öfter gefragt, warum Mutter mich nie besucht oder wenigstens angerufen hat. Das hätte ihr doch irgendwie möglich sein müssen, auch wenn Vater wirklich die Briefe abgefangen hat. Als ob sie mich einfach so abgeschrieben hätte, darüber bin ich noch nicht hinweg.«

»Das darfst du nicht denken, Mutter hat so oft von dir gesprochen. Ich glaube, sie hat ein sehr schlechtes Gewissen dir gegenüber. An jedem unserer Geburtstage hat sie Tränen wegen dir vergossen.«

»Wirklich?«, rief ich ungläubig. »Trotzdem, das würde mich zu sehr aufwühlen. Ich möchte sie besser nicht sehen, vielleicht später irgendwann einmal.«

»Natürlich«, sagte Nikolaj und drückte mich noch einmal fest an sich. »Komm, jetzt schauen wir uns Fotos von früher an«

Später, als ich Annabel und Nikolaj die näheren Umstände erzählte, die mich schlussendlich zu ihnen geführt hatten, mussten sie heftig lachen. Ich zeigte ihnen ein Bild von Claudia.

»Ein hübsches Mädchen hast du da an deiner Seite, gratuliere! Ich muss sie so bald wie möglich kennenlernen! Und ihre Mutter natürlich auch«, rief er schmunzelnd.

Am nächsten Tag musste ich schon wieder die Fahrt nach Hause antreten, aber bald schon würden die beiden nach Wien zu Besuch kommen.

Meine Textnachricht aus St. Petersburg an Claudia lautete: »Habe den verlorenen Zwillingsbruder gefunden. Bin auf der Heimreise.« Den Text unterstrich ich mit einem lachenden Selfie von uns beiden, von dem man nicht sagen konnte, welcher der beiden Männer Nikolaj und welcher ich selbst war. Schrecklich erledigt, aber glücklich stieg ich am nächsten Tag in Wien aus dem Zug und freute mich maßlos, als Claudia mich auf dem Bahnsteig erwartete. Ich ließ meine Taschen auf den Boden fallen und wir fielen uns lachend und erleichtert in die Arme.

Völlig unerwartet nahm ich links hinter dem steinernen Tisch eine Gestalt wahr, die nicht zu uns Bewohnern gehörte. Eine Frau mit langen weißen Haaren in einem dunklen Umhang. Es war Els. Als ich auf sie zuging, flog der Rabe Holle schreiend hinauf, der sich an ihre Schulter gekrallt hatte.

»Els«, sagte ich erfreut.

Meine Mitbewohner kamen näher und begrüßten Els zurückhaltend, wogegen Els sich neugierig umsah. Mit ihrem maskenhaften, bleichen Gesicht und ihren stechenden blassblauen Augen ähnelte sie einem schlecht geschminkten Zombie. Sie versuchte sich an einem Lächeln, das misslang und wie das starre Grinsen eines Totenschädels anmutete. Holle landete kreischend auf ihrer Schulter und begutachtete uns misstrauisch.

»Bist du bereit, mein Lieber? Heute Nacht geht es los, sie bereiten einen Ausflug zur Erde vor«, sagte sie.

»Absolut!«, rief ich.

»Dann verabschiede dich langsam, es wird Zeit zu gehen.«

Nur ein paar Tage war ich hier gewesen. Berührungen mit anderen Menschen, außer mit Claudia, waren sonst nicht meine Sache gewesen, aber nun umarmte ich einen jeden von ihnen innig.

Marc schaute bekümmert und ich legte ihm die Hand auf seine Schulter. »Hände weg vom Rumtopf, mein Freund«, sagte ich zu ihm.

»Gleichfalls«, grinste er.

Els betrachtete uns die ganze Zeit über. Als ich mich fertig verabschiedet hatte, folgte ich ihr in den dunklen Wald und sie sprach in Gedanken versunken wie zu sich selbst: »Wenn die Liebe verloren ist, kann die Freundschaft ein Trost sein.«

Der Wald war stockdunkel, denn das Licht der Sterne über uns vermochte das üppige Blattwerk kaum zu durchdringen. Els schritt so geschickt und eilig zwischen den dicht nebeneinanderstehenden Bäumen hindurch, dass ich mich anstrengen musste mit ihr Schritt zu halten. Fast meinte ich, dass sie schwebte, so laut- und mühelos glitt sie durch den dichten Wald. Im Gegensatz zu mir konnte sie allen Hindernissen geschickt ausweichen. Ich fegte hinter ihr her, und augenblicklich schoss mir der *Triumphmarsch* aus der Oper *Aida* in die Gedanken und Beine. Es ging nach Hause!

»Komm schon, beeil dich«, trieb sie mich trotzdem weiter an und ich versuchte ganz nah bei ihr zu bleiben.

Ich war freudig aufgeregt und gespannt. Unser Aufbruch war so schnell gekommen, dass ich bisher gar nicht die Zeit gehabt hatte, mir Gedanken oder gar Sorgen zu machen.

Nachdem wir sicherlich eine gute Stunde durch den Wald marschiert waren, hielt Els vor einem haushohen Felsen an, der sich vor uns auftürmte. Es war eine natürliche Begrenzung, die uns den Weg versperrte.

»Pass auf«, raunte sie mir zu und nahm meine Hand mit einem festen Griff.

Sie ging mit mir geradewegs auf den Felsen zu, der, wie ich erkannte, gar keiner war. Ein Teil davon war eine aus einer Spiegelung des Lichtes erzeugte optische Täuschung, ähnlich einem Hologramm. Wir konnten ganz einfach darin verschwinden und auf der anderen Seite des Felsens wieder hinaustreten.

Drüben ging es mit dem Wald genauso weiter. Wir schlängelten uns durch ein dichtes Gewirr an Sträuchern und Bäumen. Els legte einen Finger auf ihren Mund. Ich versuchte ganz leise hinter ihr herzuschleichen. Vor einem Felsen, der plötzlich vor uns auftauchte und der so voluminös war wie ein Lastwagen, hielten wir.

»Wir sind da«, flüsterte Els. »Das ist der hohle Stein, den sie für die Beförderungen verwenden. Schau mal, hier lässt er sich öffnen.«

Sie drückte auf eine bestimmte Stelle des Steins, worauf sich ein Eingang öffnete, gerade breit und hoch genug, um mit gebücktem Oberkörper hineinzuklettern. Augenblicklich wurde mir mulmig zumute und mein Mund wurde trocken. In meiner Kehle breitete sich ein beengendes, unangenehmes Kratzen aus. Dieses Ding war wie ein Flugzeug. Nur viel wackeliger. Ich atmete heftig ein und aus um der aufsteigenden Panik entgegenzuwirken.

»Komm«, zog mich Els ungeduldig hinter sich hinein ins Innere und ließ den steinernen Verschluss des Durchgangs hinter uns zuschnappen.

»Ure!«, rief sie und klatschte in die Hände, worauf sich ein Stück Holz, das sie aus heiterem Himmel in den Händen hielt, entzündete und den kleinen Raum wie eine Fackel erleuchtete.

Eine steinerne Kiste wurde sichtbar, die mich an einen ägyptischen Sarkophag erinnerte.

»Danilo. Dieser Kasten hier schützt deinen verletzbaren Körper vor den Kräften des Universums. In der Reise durch die Galaxien wird der hohle Stein eisiger Kälte, glühender Hitze und einer Geschwindigkeit ausgesetzt werden, die dein Körper ohne Schutz niemals aushalten könnte, nicht einmal eine Minute. Du darfst diesen steinernen Behälter keinesfalls zu früh öffnen! Verstehst du?«, sagte sie eindringlich und schob die den Sarkophag abdeckende Platte mit einem Ruck auf die Seite, sodass das Innere sichtbar wurde. Es sah aus gemütlich aus wie ein Grab und genauso muffig roch es auch.

»Mit diesem Behälter wurdest hergebracht«, führte Els mit gedämpfter Stimme aus. »Ich kann dir nicht genau sagen, wann es losgehen wird. Die Lichtwesen können jeden Moment kommen, aber es kann vielleicht auch noch ein wenig dauern, bis sie mit dem Meteoritenstein abheben, möglicherweise eine Stunde oder zwei. Genau weiß ich es nicht. Aber du wartest da drinnen ganz einfach, bis es losgeht. Nach dem Start wird es etwas rumpelig. Die Reise selbst wird nicht lange dauern, ich schätze ungefähr zwei Stunden in Erdenzeit gerechnet. Wenn ihr gelandet seid, wartest du noch ein paar Minuten. Die Hexen schwärmen dann aus und suchen sich ihre Beute zusammen. Das ist deine Chance. Du kletterst aus dem Behälter raus, öffnest die Tür des Meteoriten und läufst weg. Schau, ich zeig dir den Mechanismus zum Öffnen des Steines noch einmal, pass auf«, sagte Els und demonstrierte mir erneut, wie ich den Ausgang des Steines öffnen konnte.

»Komm, klettere jetzt rein. Das klappt sicher, du wirst schon sehen«, flüsterte Els und lächelte mich aufmunternd an. Doch mir war bereits furchtbar schlecht, mein Atem raste und meine Knie zitterten.

»Ich kann nicht!«, rief ich gepresst. »Ich habe Flugangst!«

»Du hast was?«

»Flugangst, ich halte das Fliegen nicht aus. Ich bekomme eine Panikattacke.«

»Eine Panik-was? So ein Unsinn, klettere jetzt rein!«, befahl Els.

»Ich kann nicht!«, rief ich mit gedrungener Stimme und schnappte nach Luft.

Die Panikattacke hatte mich mittlerweile vollends im Griff und schnürte mir die Kehle zu. Mein Brustkorb hob und senkte sich in rasend schnellem Tempo und ich dachte nur noch daran, dass ich hier raus musste.

»Danilo, hör mir zu«, beschwor sie mich und schüttelte mich an meinen Schultern. »Du hast Angst, aber das brauchst du nicht. Die Liebe zu deinem Mädchen ist stärker als die Angst, das habe ich in deinem Herzen gefühlt. Deine Liebe ist unglaublich stark, stärker sogar als der Tod. Vertrau mir!«

Doch es half nichts. Ich hörte zwar ihre Worte, aber mein Gehirn konnte damit nichts anfangen, es ergab keinen Sinn für mich. Panik ist Panik, sie läuft einfach mit einem davon und da gibt es keinen Ausschaltknopf. Els und ich starrten uns wortlos an, ich zitterte am ganzen Körper und hechelte nach Luft.

»Rigesce!«, rief Els plötzlich laut aus, griff in ihren Umhang und warf mir eine Handvoll Pulver ins Gesicht, woraufhin ich jede Kontrolle über meinen Körper verlor.

Ich war wie erstarrt. Es war mir unmöglich, mich zu wehren, als sie mich hochwuchtete und in den steinernen Behälter hineinzerrte. Schwerfällig kam ich auf meinem Rücken zu liegen und konnte weder Hände, Beine noch Kopf bewegen. Nicht einmal schreien konnte ich, während Els sich daran machte, den steinernen Deckel über mir zu schließen. Mein Herz raste wie niemals zuvor.

Kurz bevor sich der Deckel über mir komplett verriegelte, keuchte sie atemlos: »Danilo, es tut mir leid, aber das muss jetzt sein. Vertrau mir, alles wird gut. Wenn du das jetzt nicht zu Ende bringst, verlierst du deine große Liebe. In spätestens zwei Stunden wird der Zauber aufhören zu wirken und dann bist du bestimmt schon fast auf der Erde. Du schaffst das. Ich muss jetzt los, sie können jeden Moment kommen. Alles Gute und viel Glück!«

Sie machte die steinerne Platte über mir zu wie den Deckel einer Gruft. Ich wollte schreien, aber ich brachte keinen Ton hervor. Tränen der Angst und Wut liefen mir aus den Augenwinkeln. Wie konnte mir diese böse Hexe das nur antun?

Dann erfasste mich die nächste Panikattacke vollends, mein Herz raste so schnell, dass ich dachte ich würde in dieser Kiste an einem Herzanfall sterben. Ich kannte dieses Gefühl von meinen ersten Panikattacken in Aufzügen und Flugzeugen, aber das hier war um so vieles schlimmer. Denn aus den Flugzeugen hatte ich in den letzten Momenten vor dem Start noch fliehen und mein Leiden damit beenden können, aber jetzt vermochte ich mich nicht einmal einen einzigen Zentimeter bewegen. Dazu kam die stickige Luft und ich schmeckte meinen eigenen Angstschweiß. Ich nahm an, dass ich augenblicklich in diesem Steinsarg ersticken würde, und verfiel in einen dämmrigen Bewusstseinszustand, der zwischen irren Traumbildern und quälenden Wachzuständen wechselte.

Mein unter zunehmendem Sauerstoffmangel leidendes Gehirn brachte Bilder aus meinen frühen Lebensjahren zum Vorschein, verschwommene Illusionen von meiner Mutter, als ich ein kleiner Junge gewesen war. Komischerweise empfand ich in diesem Moment meines nahenden Todes keine Wut mehr auf sie, denn die Erinnerungen, die aus den Tiefen meines Gehirnes auftauchten, vermittelten mir ein Gefühl von Liebe und ich fühlte aufrichtiges Bedauern, dass ich sie nie mehr wiedergesehen und wir uns nicht ausgesprochen hatten. Szenen aus meinem Leben von Nikolaj und meiner geliebten Oma zogen vor meinem inneren Auge vorbei. Ich dämmerte im Halbschlaf dahin, wobei mein Herzrasen sich immer wieder zu so schmerzenden Höhen steigerte, dass ich das Bewusstsein verlor, bis ich es Minuten später wiedererlangte und die nächste Panikattacke einsetzte. Dies waren die allerschlimmsten Momente meines bisherigen Lebens. Zwei Stunden lang, die mir wie 20 Stunden erschienen, verbrachte ich im Todeskampf und hoffte letztendlich nur noch auf Erlösung in Form meines Ablebens. Dabei hatten wir uns keinen Schritt von dem hiesigen Planeten wegbewegt, denn die Lichtwesen waren noch nicht erschienen.

Doch mit einem Mal bemerkte ich, dass ich nicht mehr komplett erstarrt war, sondern dass sich während einer Panikattacke meine Gliedmaßen verkrampften. Meine Zehen und Finger bewegten sich erst um Millimeter, dann um wenige Zentimeter. Die Wirksamkeit des Zaubers musste wie angekündigt langsam nachlassen. Ich erlangte die Bewegungsfähigkeit und die Kontrolle über meine Arme, Beine, meinen Rumpf und meinen Kopf zurück.

Ohne einen einzigen Moment darüber nachzudenken, schob ich, sobald ich genug Kontrolle über meine Arme wiedererlangt hatte, die Steinplatte über mir stückchenweise auf die Seite. Die Luft in dem Sarkophag war zum Ersticken dünn gewesen und ich atmete die sauerstofffreichere Luft gierig ein. Ich war völlig außer Atem. Mein weiter Leinenüberwurf klebte mir durchgeschwitzt am Körper. Ich hatte höllischen Durst. Sobald die Öffnung weit genug war, kletterte ich aus meinem steinernen Gefängnis, in dem ich um ein Haar qualvoll erstickt wäre. Meine Gliedmaßen fühlten sich noch taub an und ich robbte, so rasch ich konnte, auf allen Vieren zu der Stelle um den Mechanismus zu betätigen. Die Tür öffnete sich beinahe lautlos und noch frischere Luft strömte ins Innere des Felsens. Ich sog sie ganz tief in meine Lungen und, so schnell ich mich nur irgendwie fortbewegen konnte, floh ich halb gebückt dahin stolpernd hinaus aus dem hohlen Meteoriten und hinein in den dunklen Wald.

Mit der Zeit erlangte ich die volle Beweglichkeit wieder und das taube Gefühl in meinen Armen und Beinen verschwand allmählich. Ohne einen Plan und ohne auf den Weg zu achten, hastete ich durch den dichten Wald und schlängelte mich an den Baumstämmen vorbei. Mehrmals rammte ich frontal Bäume und stieß mit dem Kopf gegen tiefhängende Äste, die mir das Gesicht zerkratzten.

Als ich anhand eines sanften Plätscherns erkannte, dass ich einen Bach passierte, ließ ich mich bäuchlings hinein gleiten und trank so viel Flüssigkeit, bis ich nicht mehr konnte. Das frische Wasser wusch den Angstschweiß von meinem Körper und brachte mein Gehirn, das sich in den vorangegangenen Stunden der Panik vollkommen verabschiedet hatte, wieder zum klaren Denken. Endlich normalisierten sich meine Atmung und der Puls einigermaßen.

Mit der Fähigkeit, über meine Situation ruhig nachzudenken und zu reflektieren, kam die Erkenntnis, dass ich meine Chance, zur Erde und zu Claudia zurückzukehren, vertan hatte. Ich hatte es abermals nicht geschafft, meine Ängste zu beherrschen. In Panik war ich geflohen, sobald ich die Kontrolle über meinen Körper wiedererlangt hatte. Es war jämmerlich. Ich war jämmerlich. Ich fühlte mich elend und erbärmlich. Vollkommen erschöpft rollte ich mich am Ufer des Baches zusammen und schlief ein.

19 Herz außer Takt

Die Strahlen der beiden Sonnen, die ihre täglichen Bahnen über den Himmel zogen, weckten mich.

Schlagartig fiel mir wieder ein, was in der vorangegangenen Nacht passiert war, woraufhin sich meine Atmung beschleunigte. Was sollte ich jetzt machen? Den einzigen Weg, wieder auf die Erde zu gelangen, konnte ich nicht gehen, da er in einem Steinsarg zurückzulegen war. Allein bei dem Gedanken daran verlor ich die Nerven und spürte erneut Panik in mir aufsteigen. Und auf Els Hilfe konnte und wollte ich nicht weiter hoffen. Ich war stinksauer auf sie. Wie hatte sie mir das nur antun können? Sie hatte mich beinahe qualvoll umgebracht.

Eine Zeit lang grübelte ich vor mich hin und starrte in den dahin plätschernden Bach, als am anderen Ufer ein Rabe landete, der mich frech ankrächzte. Ich griff nach dem nächstbesten Stein und warf ihn in seine Richtung, worauf er hochflatterte und schimpfend davonflog.

In mir fühlte ich nur Leere, Verzweiflung und Hoffnungslosigkeit. Alles war still und ich nahm keine Musik mehr wahr. Mein Herz war außer Takt geraten wie ein unregelmäßig dahinstotternder Dieselmotor und verlieh mir keinen Schwung mehr, es hatte endgültig seinen Rhythmus verloren. Das war das Ende. Ich würde niemals zurückkehren und Claudia wiedersehen.

Entmutigt erhob ich mich und ging ziellos geradeaus durch den Wald. Mir war klar, dass ich nach einer Stunde des Marschierens durch diesen verhexten Wald an der Lichtung ankommen würde, in dessen Mitte ein riesiger Baum stand.

Ich erreichte die Lichtung wie erwartet und ging mit hängenden Schultern und gesenktem Kopf auf die Höhle zu. Ich schleppte mich vorbei an dem Riesenbaum, von dem ich Tage zuvor hinuntergestürzt war und so Els kennengelernt hatte. Von Weitem konnte ich schon sehen, dass meine Mitbewohner vor dem Höhleneingang am Steintisch zusammensaßen. Sie wurden auf mich aufmerksam und Marc kam auf mich zugelaufen.

»Danilo, was machst du denn hier? Wir dachten, du bist längst zurück auf der Erde bei Claudia.«

»Tja, falsch gedacht. Der Versuch ist fehlgeschlagen«, antwortete ich kurz angebunden.

»Was ist denn passiert?«

»Ich bin ein Versager, das ist passiert.«

Dann erzählte ich in knappen Worten, was geschehen war.

»Tut mir leid, ich brauch mal ein paar Minuten für mich«, sagte ich danach und schlich mich an meinen Mitgefangenen vorbei, denn nichts anderes waren wir allesamt. Die eingesperrten Tanzbären eines Haufens verrückter Hexen, die uns zu ihrem Amüsement musizieren ließen.

Sie sahen mich mitfühlend an. Aber genau das war es, was ich im Moment am wenigsten verkraftete: ehrlich gemeintes Mitgefühl, das mein Herz zum Zerspringen bringen würde.

Ich ging direkt in meine Wohnhöhle und dimmte das Licht, sodass sie in einem düsteren Halbdunkel lag. Einen Moment lang war ich versucht mich sofort an das im angrenzenden Raum stehende Klavier zu setzen und meine Gedanken durch die Musik reinigen zu lassen. Jedoch war das nicht passend, denn die Musik war in schlimmen Lebenslagen immer für mich gleichbedeutend mit Hoffnung gewesen. Doch diese hatte ich nun nicht mehr. Ich hatte gar nichts mehr. Keine Liebe, keine Hoffnung, keine Zukunft. Ich legte mich in meine Schlafkoje und starrte gedankenlos an die Decke, bis ich irgendwann einschlief.

Ich wusste nicht, wie lange ich geschlafen hatte, als mich schließlich Michaels Stimme weckte.

»Danilo«, rief er mich sanft, »möchtest du zum Essen kommen? Du hast so lange geschlafen. Jetzt haben wir Abendessen bekommen.«

Hunger hatte ich zwar keinen, stand aber trotzdem auf und ging hinaus zum steinernen Esstisch. Es war bereits Abend und die Sonnen waren fast versunken.

Auf dem Tisch stapelten sich die Nahrungsmittel, offensichtlich hatte der Auftritt Anklang bei unseren Halterinnen gefunden. Glücklicherweise hatten sie heute das gebracht, auf was ich es abgesehen hatte.

Ich griff mir mit jeder Hand einen schweren Tonkrug. Einer war mit Rotwein gefüllt und der andere mit dem hochprozentigen Rum, der uns vor einigen Tagen schon so zugesetzt hatte. Genau das war es. Das einzige, das meine quälenden Gedanken stoppen und meine seelischen Schmerzen lindern konnte.

»Tut mir leid«, sagte ich und kehrte mit den Krügen in meinen Schlafbereich zurück.

Auf meinem Lager sitzend setzte ich den Rotweinkrug an meine Lippen und trank vier lange Züge daraus. Der herbe Wein rann meine Kehle hinunter und wärmte meinen Bauch. Ich ignorierte die Reaktion meines Körpers, den es durch die Säure und den Geruch des Getränks abwehrend schüttelte. Nach einer Minute nahm ich vier weitere Schlucke. Die erlösende Wirkung setzte nach einigen weiteren Mundvoll bald darauf ein. Der Alkohol löste meine schlimmen Erinnerungen auf und linderte meine akuten Schmerzen in meinem Herz und meiner Seele. Ich betäubte die Gedanken an Claudia und an das, was ich gestern getan beziehungsweise nicht getan hatte.

So brachte ich die nächste Zeit hinter mich. Ich trank und danach schlief meinen Rausch aus. Nachts schlich ich mich hinaus, füllte die Krüge auf und holte mir Reste von Brot und Nüssen, die übriggeblieben waren und noch auf dem Steintisch vor der Höhle herumlagen. In meinem Dämmerzustand erinnerte ich mich undeutlich daran, dass ich Besuch bekommen hatte abwechselnd von Michael, Marc und Tom die auf mich einredeten. Ich wollte nichts hören und meine Antworten waren alles andere als nett, an Einzelheiten erinnerte ich mich aber nicht mehr oder ich verdrängte sie erfolgreich.

Nach zwei Tagen waren meine Krüge wieder einmal leer und ich musste bei der nächsten Abendmahlzeit Nachschub holen. Der beste Moment wäre direkt nach dem Ende der Vorführung, die, wie ich vernahm, gerade im Gange war. Als ich hörte, was meine Mitbewohner den Lichtwesen zum Besten gaben, konnte ich nicht anders, als vor Hohn laut aufzulachen. *Fly me to the Moon* von Frank Sinatra. Genau Michaels Kragenweite, dachte ich bitter. Ich stand am Höhleneingang und beobachtete das Spektakel. Michaels Stimme war gefühlvoll und die Musiker gaben sich Mühe. Die Lichtwesen funkelten und strahlten zur Musik in der beginnenden Dämmerung. Ähnlich wie bei dem letzten Konzert waren sie überall, oben und unten. Zu ungelenk, um zu tanzen, schwebten und kreisten einige wie wildgewordene Geier in der Luft über den Köpfen des Orchesters. Andere schunkelten und wippten zwischen ihnen am Boden.

Der Text des Liedes, gemeinsam mit der wehmütigen Melodie, löste ein Grübeln in mir aus. Würde ich irgendwann wieder einen Frühling auf der Erde erleben dürfen? Würde ich meine große Liebe jemals wieder in die Arme schließen? Vermutlich nicht.

Ich lehnte mich an den Felsen und verschränkte die Arme trotzig vor meinem Oberkörper. Ich wollte die Musik und den Text nicht an mich heranlassen, denn das würde meinen Schmerz befeuern. Das einzige Gefühl, das ich zuließ, war Wut. Ein Gefühl, das sehr gut zu meinem vom Alkohol übersäuerten Körper passte.

Da entdeckte Michael, wie ich am Eingang der Höhle stand und auf das Ende der Musik wartete. Er lächelte mich erfreut an und deutete auf mich, sodass die anderen sich zu mir umdrehten. Begeistert nickten sie mir zu, während sie weiterspielten. Dann näherte sich Michael mir spontan. Er hielt mir seine Geige hin, als Aufforderung, dass ich einsteigen und mitspielen sollte.

Ich nahm das hölzerne Instrument aus seinen Händen und trat hinaus auf die Lichtung. Dann schritt ich zielstrebig auf den steinernen Tisch zu, wo ich den Korpus der Geige mit aller Kraft mehrmals gegen die Kante schlug, sodass er in viele Teile zerbarst und die Holzstücke in alle Richtungen flogen. Es tat so gut. Ich entlud meine gesamte Wut und meine Frustration über dieses Instrument. Susanna schrie vor Schreck auf und die Musik verstummte mit einem Mal. Alle starrten mich entsetzt an.

Die Hexen benötigten einen Moment, um zu begreifen, dass ich die Ursache der abrupt verstummten Musik war und die Geige zerschlagen hatte. Die leuchtenden Gestalten kamen näher und beäugten mich. Ich konnte ihre Augen und die Umrisse von Gesichtern erkennen, die jetzt nicht mehr ausgelassen und fröhlich, sondern verzerrt und gereizt durchschimmerten. Ich blickte ihnen trotzig entgegen und warf das letzte Stück Geige, das ich noch in den Händen hielt, nach derjenigen, die mir am nächsten gekommen war. Das Teil traf direkt in ihr fratzenhaftes Gesicht.

Das getroffene Lichtwesen bäumte sich auf und stürzte sich mit einem unmenschlichen Kreischen wütend auf mich. Es hielt vor mir aber nicht an, sondern absorbierte mich, indem es mich einfach überrollte und in seine Oberfläche hinein sog.

Im Inneren des Lichtkörpers war es wie in einem nasskalten Verlies. Fast ganz dunkel, eisig und feucht. Meine Ohren fühlten sich gleichsam in Watte gepackt an. Ich sah mich mit der darin eingeschlossenen Hexe konfrontiert, einer düsteren Gestalt. Ich zitterte vor Kälte und Angst.

Fragmente eines schiefen Gesichtes mit kleinen Augen, Nasenlöchern und einem zu einem Strich zusammengekniffenen Mund tauchten direkt vor mir auf. Da schnappten die dünnen, knochigen Ärmchen der Hexe nach mir und presste mir ihre kalten Finger um den Hals. Verzweifelt versuchte ich sie abzuwehren und wegzudrücken, aber sie packte ausgesprochen kräftig zu. Sie drückte mir die Kehle mit ihren Händen zusammen und ich japste wie wahnsinnig nach Luft. Ich ruderte mit meinen Armen und Beinen und bemühte mich aus ihrer Umklammerung zu winden, aber es war aussichtslos. Ihr Griff um meinen Hals war so fest und kratzig wie ein Stahlseil. Meine Lungen brannten und drohten jeden Moment zu bersten. Die Sinne waren im Inbegriff, mir zu schwinden, würde ich nicht augenblicklich Atemluft bekommen. Plötzlich drängte sich ein Schatten zwischen mich und die dunkle Hexe, die ihren festen Griff unbarmherzig aufrecht erhielt. Der Schatten wurde größer und formte sich zu einem Körper. Ich sah wallendes weißes Haar und gerade bevor ich das Bewusstsein verlor, spürte ich, wie die Umklammerung sich löste. Ich wurde aus dem Lichtkörper freigegeben und glitt aus ihm hinaus.

Ich erlangte mein Bewusstsein wieder. Ausgestreckt lag ich bäuchlings auf der Erde. Ich rappelte mich langsam auf, umfasste meinen Hals nach Luft ringend. Immer noch empfand ich den Druck der Hexenhände an meiner Kehle, der nur langsam nachließ. Neben mir hatten sich Michael und Tom niedergekniet und halfen mir mich aufzusetzen. Sie stützten mich und redeten auf mich ein. Meine Ohren schienen wie mit Wattepropfen zugestopft, denn ich konnte ihre Stimmen nicht klar vernehmen. Als ich mich noch ein wenig benommen umsah, erkannte ich Els, die mich offensichtlich aus der Umklammerung der Hexe gerettet hatte. Auch sie war aus dem Lichtkörper herausgefallen und ausgestreckt auf dem Boden gelandet. Nun erhob sie sich schwerfällig und klopfte sich den Schmutz von ihrem Umhang.

Sich zu mir umdrehend sagte sie etwas, das ich nicht hören konnte. Ich griff mir ans Ohr, da begriff Els, was mit mir los war. Ihre Lippen formten Wörter und dann beugte sie sich zu mir herunter. Sie tippte mir rechts und links an die Ohren und nach einem knautschigen Geräusch, das sich anhörte, als ob mir eine Portion Kautschuk durchs Gehirn gefahren wäre, war mein Hörvermögen wieder da.

Els und ich starrten uns wortlos an. Ich hielt ihrem Blick stand und ihre Augen wurden auf einmal dunkel und weit. Sie wusste und verstand alles. Meine Verzweiflung, meine Ausweglosigkeit, meine unbeschreibliche Angst, meine Sehnsucht nach Hause, meine Wut auf die Hexen, auf Els und auf mich selbst.

Schließlich wandte ich meinen Blick ab und stand langsam mit Michaels Hilfe auf. Dann ließ ich ihn hinter mir und ging auf wackeligen Beinen alleine in Richtung der Höhle. Ich kümmerte mich nicht weiter um Els, meine Mitbewohner und die Lichterscheinungen, die noch immer ratlos über die Lichtung kreisten. In der Höhle warf ich mich auf mein Lager, rollte mich zusammen wie ein Embryo und drückte mir meine Hände vor das Gesicht.

20 Musik in mir

Vor Erschöpfung fiel ich schließlich in einen tiefen, traumlosen Schlaf und wachte erst auf, als der nächste Morgen bereits dämmerte.

Mein Körper schmerzte und mein Hals fühlte sich rau und geschwollen an. Meine Zunge war dick und ich schmeckte Salz und Blut. Gerade als ich aufstehen wollte, um den scheußlichen Geschmack mit Wasser aus meinem Mund zu spülen, hörte ich, wie jemand leise eintrat. Zu meinem Erstaunen erkannte ich die zurückhaltende Susanna.

Sie trug etwas bei sich. In einer Hand hatte sie einen Becher und in der anderen Hand hielt sie ein dunkles Bündel Stoff.

»Susanna?«, fragte ich mit sehr heiserer, kratziger Stimme, wobei mein Hals höllisch wehtat. Ich setzte mich auf.

»Hast du starke Schmerzen?«, fragte sie mich sanft. Sie deutete auf meinen Hals. »Man sieht die Striemen. Hier habe ich einen Becher Honigmet für dich, der wird dir guttun.«

»Danke«, sagte ich leise, fast flüsternd und nahm den Becher entgegen. Ich führte ihn an meinen Mund und nahm ein paar Schlückchen. Die Flüssigkeit rann mir die Kehle hinunter und linderte die Schmerzen sofort. »Das hilft.«

»Da sind spezielle Heilkräuter von Els drin, sie hat ihn extra für dich gebracht«, sagte sie.

Bei der Erwähnung der Hexe verkrampfte sich alles in mir, meine Mundpartie verhärtete sich und ich stellte den Becher demonstrativ vor mich auf den Boden ab.

»Sie meint es gut mit dir«, fuhr Susanna fort, worauf ich trotzig schwieg.

Wenn sie ahnen würde, was Els mit mir an dem steinernen Sarkophag veranstaltet hatte, dann sähe sie das auch anders.

»Sie kann dir immer noch helfen zur Erde zurückzukehren.«

»Sie kann mir vielleicht helfen, aber ich schaffe es trotzdem nicht«, sagte ich resigniert und griff hinunter, um doch noch einen Schluck von dem süßen Getränk zu nehmen. »Du kannst nicht verstehen, wie schlimm es war. Die Reise zur Erde müsste ich in einem steinernen Behälter antreten, der in einem hohlen Meteoriten versteckt ist. Ich habe aber Flug- und schreckliche Platzangst in Form von unkontrollierbaren Panikattacken. Bei dem Fluchtversuch musste ich zwei Stunden in diesem stinkenden Sarg aushalten, beinahe wäre ich erstickt. Ich habe die Hölle durchlebt. Schau mal, was passiert, alleine beim Gedanken daran.« Ich hielt ihr meinen Unterarm zur Betrachtung hin, auf dem sich die feinen Härchen kerzengerade aufgestellt hatten.

»Ich bin gekommen, weil ich dir das hier bringen wollte« sagte Susanna und hielt mir das Stoffbündel entgegen, das sie in die Höhle mitgebracht hatte.

Es war mein Hochzeitsanzug, in dem ich hier angekommen war. Er war zu einem Knäuel zusammengerollt: ganz außen die Jacke, darin eingewickelt die Hose, das weiße Hemd und die dunkle Fliege. Susanna rollte die Kleidung vor mir aus, alles war heillos zerknittert. Ich konnte erst nicht verstehen, warum sie meinen Anzug hier ausbreitete. Dann kam ein Stück Papier zum Vorschein, das mit eingerollt gewesen war.

»Ich habe in der Truhe nach einer Decke gesucht und deinen Anzug darin gefunden. Deine Sachen gehen mich natürlich nichts an, entschuldige. Doch dann wollte ich mir den Schnitt genauer ansehen. In der Innentasche habe ich das hier gefunden.« Susanna hielt mir einen Brief hin.

Der Brief! Mein Gehirn schüttete eine Dosis Adrenalin aus und ich setzte mich kerzengerade auf. Am Morgen der Hochzeit hatte Claudia einen Brief erwähnt, den sie mir für Notfälle in meinen Anzug gesteckt hatte. Den hatte ich ja komplett vergessen. Befand ich mich jetzt in einem Notfall? Eher in einem Supergau, dachte ich bitter.

»Danke, Susanna«, sagte ich und ließ mich mit dem Blatt in der Hand auf das Bett zurückfallen.

Sie drückte mir einen flüchtigen Kuss auf die Stirn und ging rasch hinaus. Ich rückte näher zur Lampe und brach das Kuvert auf. Dann nahm ich den Brief heraus und begann zu lesen:

Wien am 4. August 2019
Mein geliebter Danilo,
ich schreibe dir diese Zeilen am Abend vor unserer Hochzeit und unser guter Freund Anton wird dir den Brief noch rechtzeitig in deinen Anzug schmuggeln.
Morgen ist unser großer Tag und ich weiß, dass du unsicher bist. Ich konnte deine Ängste, die dich dein ganzes Leben beglei-

153

tet haben, weder nachfühlen noch lindern, was mir sehr leid tut. So gerne würde ich dir beistehen und alles mit dir teilen. Die Geschehnisse, die dir als kleinem Jungen vor fast dreißig Jahren passiert sind, belasten dich noch heute und liegen gemeinerweise verborgen hinter dunklen Schatten in deiner Erinnerung, weswegen du nicht gegen sie ankämpfen kannst.

Aber heute bist du der liebevolle, tüchtige, feinfühlige, humorvolle und talentierte Mann, den ich so sehr liebe. Wir beide zusammen werden alle Schwierigkeiten des Lebens meistern, die vielleicht noch auf uns zukommen werden. Doch vor allem werden schöne Zeiten auf uns zukommen, solange wir zusammen sind.

Habe keine Angst. Unsere gemeinsame Zukunft wird wunderbar und ich freue mich so sehr darauf.

Ich liebe dich.

Claudia

Dieser Brief war vor einigen Tagen von meiner Geliebten geschrieben worden, sie hatte das Papier in Händen gehalten, so wie ich es in diesem Moment in meinen hielt. Ich konnte sogar noch ganz schwach den Duft ihres zarten Parfums wahrnehmen. Vor Rührung rann mir eine Träne über die Wange. Noch einmal las ich die Zeilen, wobei mir plötzlich ein bestimmter Satz ins Auge sprang.

»Susanna«, rief ich aufgeregt, fuhr hoch und ging hinaus, um sie zu suchen.

Susanna und Christine saßen auf der Wiese vor der Höhle und bestickten eine Decke.

»Susanna! In Claudias Brief schreibt sie richtigerweise, dass die Erlebnisse, die ich als kleiner Junge durchmachen musste, für mich heute im Verborgenen liegen und ich deshalb gegen sie machtlos sei. Das ist wahr. Aber ich glaube, dass Els sie sehen konnte. Bei meinem Aufenthalt in ihrer Höhle nach meinem Sturz vom Baum, hat sie mich so intensiv betrachtet. Es war, als schaute sie in meine Seele. Zuletzt ließ sie eine Bemerkung fallen, die ich damals nicht recht deuten konnte. Sie hat gesagt, sie wolle mir raten ›dem kleinen Jungen in mir mal zuzuhören.‹ Bestimmt liegt die Lösung in meiner frühen Kindheit und Els kennt die Wahrheit! Ich muss sofort zu ihr!«, rief ich aufgeregt.

Claudias Nachricht veränderte mit einem Schlag alles für mich. Ein Hoffnungsschimmer tauchte am Horizont auf und ich hatte keine Zeit zu verlieren.

Ich war schon auf dem Weg in den Wald als Susanna mir nach rief: »Wir begleiten dich!«

Ausgelöst durch diesen Lichtblick und die Botschaft Claudias, die wie eine Flaschenpost auf meiner Insel am Ende des Universums angespült worden war, tauchte der Song *Message In A Bottle* von Police in mir auf. Ich konnte wieder Musik in mir hören und sie fühlen, dachte ich und lächelte.

Dann überlegte ich die ganze Zeit, ob mein Ausflug auf den Planeten der Hexen nicht vermeidbar gewesen wäre, wenn ich zur rechten Zeit der Ursache meiner Probleme auf den Grund gegangen wäre, so wie es Claudia von mir verlangt hatte. Während meines Weges durch den Wald kehrten meine Gedanken zu den Umständen zurück, durch die ich mich damals beinahe in psychologische

Behandlung begeben hätte, und zu den Gründen, warum es dann doch nicht geklappt hatte.

21 Neujahrskonzert I

Im Jahr 2018 wurde mir die Ehre zuteil, das Wiener Neujahrs-
konzert dirigieren zu dürfen. Da die Proben dafür im Herbst
beginnen würden, hatten Claudia und ich beschlossen zuvor eine
längere, gemeinsame Urlaubsreise zu machen. Das war etwas
Neues für uns und der Gedanke daran hatte mich zuerst abge-
schreckt. Der Plan erschien mir wie die Vorstufe zu den Flitter-
wochen und die Vorstellung von so viel Nähe versetzte mich in
eine unbehagliche Unruhe. Noch dazu auf einem Schiff, ohne
Fluchtweg. Wir hatten sogar die sogenannte Penthouse Suite
gebucht, die sich auf 75 Quadratmetern über zwei Decks er-
streckte, mit Panoramafenstern und einem eigenen Klavier. Ich
wusste gar nicht, dass es auf einem Schiff so etwas gab.

Der Startpunkt der Reise würde Barcelona sein. Ursprüng-
lich wollten wir vor dem Ablegen des Schiffes noch die Stadt
besichtigen, was aufgrund meiner Termine kurzfristig dann
doch nicht passte. Um die Hotelbuchung nicht verfallen zu
lassen, beschloss Claudia die Stadtbesichtigung mit ihrer Mutter
Elena zu machen, die sich wegen mir ohnehin von ihrer Tochter
vernachlässigt fühlte.

Wir reisten ungefähr zur gleichen Zeit aus Wien ab. Claudia
und Elena bestiegen am Montag um 11:00 Uhr ihr Flugzeug
und meine geplante Abreise war etwas später am selben Tag. Ich
hatte eine 24-stündige Zugreise vor mir und die beiden Frauen
würden in der Zwischenzeit die Stadt besuchen.

Gerade als ich meine Taschen nahm und die Wohnung in
Richtung Wiener Westbahnhof verlassen wollte, läutete mein
Telefon. Die Nummer mit russischer Vorwahl war mir nicht
bekannt und ich nahm das Gespräch neugierig an.

Es war Annabel, Nikolajs Freundin, die mich verzweifelt aus einem Krankenhaus in St. Petersburg anrief. Sie erzählte mir vollkommen aufgelöst, dass Nikolaj einen schlimmen Autounfall gehabt hatte. Als Folge davon kämpfte er nun um sein Leben, das von akutem Organversagen bedroht war. Durch ihr heftiges Schluchzen konnte ich sie kaum verstehen, ich bekam gerade die nötigsten Informationen aus ihr heraus. Inständig bat sie mich nach St. Petersburg zu kommen. Meine Anwesenheit könnte sicher heilsam für ihn sein und ich willigte in höchster Sorge um meinen Bruder ein, ohne die Konsequenzen daraus bis ins Letzte durchdacht zu haben, denn für lange Überlegungen blieb keine Zeit. Nur eines war sicher: Eine vergnügliche Urlaubsreise war unter diesen Umständen ohnehin nicht denkbar. Tausend Gedanken schossen mir durch den Kopf, als ich unverzüglich zum Bahnhof eilte und den nächsten Zug in Richtung St. Petersburg bestieg.

So saß ich dann in der Eisenbahn Richtung Osten, als Claudia sich, unerreichbar für mich, gerade in einem Flugzeug nach Süden befand. Ich musste Claudia benachrichtigen und tigerte stundenlang durch den Zug auf der Suche nach einem Funknetz, aber es war vergeblich. Nirgends hatte ich Empfang.

Während der Reise war ich praktisch von der Außenwelt abgeschnitten und saß wie auf Nadeln, denn mit fortschreitender Zeit wurde mir klar, was es bedeutete. Claudia wusste nicht, dass ich nicht kommen konnte, und würde wie vereinbart zum Hafen fahren, unsere Kabine besteigen und mich erwarten. Das Schiff würde ohne mich ablegen und Claudia wäre alleine an Bord. Ich hätte in meinem stickigen Zugabteil am liebsten den Kopf gegen die Kabinenwand geschlagen, so absurd war diese Situation.

Andererseits war da die enorme Sorge um meinen Bruder, die zunächst einmal die Befürchtungen um Claudias Verärgerung verdrängte. Sie würde, ja, sie musste meine Beweggründe einfach verstehen.

Während der kurzen Wartezeit beim Umsteigen versuchte ich vergeblich Claudia über das Festnetz zu erreichen. Endlich in St. Petersburg angekommen eilte ich zum Krankenhaus. Ich war vollkommen übernächtigt und schrecklich nervös. Im Wartebereich der Intensivstation der Medsi Saint-Petersburg Klinik traf ich Nikolajs Freundin Annabel. Sie saß, wer weiß seit wie vielen Stunden schon, auf einem unbequemen weißen Plastikstuhl vor der Intensivstation und sah mit ihren verweinten Augen genauso sterbensmüde aus wie ich.

Sie schrie vor Schreck auf und sah mich dann irritiert an, als ich auf sie zustürmte, einfach weil ich Nikolaj bis aufs Haar glich. Aber Annabel fing sich sofort wieder und war froh, dass ich da war. Anschließend berichtete sie mir von dem Unfall, der sich inzwischen vor vier Tagen ereignet hatte. Gott sei Dank wusste man mittlerweile, dass Nikolaj leben würde, allerdings waren als Folge des Unfalles seine Nieren massiv in Mitleidenschaft gezogen worden. Beide hatten ihm den Dienst versagt.

Zu dieser Zeit konnten wir nichts anderes tun, als auf den behandelnden Arzt zu warten. Ich nutzte die Zeit und versuchte Claudia zu erreichen, natürlich ohne Erfolg, denn das Schiff war bereits unterwegs und mitten auf dem Meer hatte ihr Mobiltelefon keinen Empfang mehr.

Ich rief stattdessen meinen Freund Anton an und berichtete ihm kurz und knapp von den dramatischen Ereignissen. Danach ersuchte ich ihn für mich über die Reederei herauszufinden, wie ich Claudia auf dem Schiff eine Nachricht zukommen lassen könne. Jeden Moment konnte der Arzt mit den neuesten Informationen über Nikolajs Gesundheitszustand auftauchen.

Es dauerte zwei quälend lange Stunden, in denen ich immer wieder vor Übermüdung einnickte, bis endlich ein Doktor auf uns zukam.

»Ich habe gute, aber auch schlechte Nachrichten für Sie«, sagte er zu uns. »Ihr Bruder wird noch heute von der Intensivstation in die reguläre Innere Abteilung verlegt werden. Allerdings sind beide Nieren irreparabel geschädigt worden, sodass er fortan ein eingeschränktes Leben führen wird müssen. Es wird ihm nichts anderes übrigbleiben, als alle drei Tage für jeweils acht Stunden zur Blutwäsche ins Krankenhaus zu kommen. Es tut mir sehr leid.«

Annabel schluchzte neben mir auf. »Außer «, fuhr der Arzt fort »Er würde eine Nierentransplantation bekommen. Denn jeder Mensch benötigt eigentlich nur eine einzige Niere zu einem unbeeinträchtigten Leben. Die geeignetsten Spender sind nahe Angehörige.« Dabei sah er mich fest an.

Ich schluckte und erklärte mich, ohne weitere Details zu erfragen, sofort bereit eine Niere für Nikolaj zu spenden. Annabel fiel mir vor Freude um den Hals und der Arzt nickte. Das wäre ein Glücksfall für den Patienten, denn das Organ eines eineiigen Zwillings wäre die optimale Voraussetzung für eine gelungene Operation und für ein folgendes beschwerdefreies Leben. Es würde keine gravierenden Einschränkungen geben, weder für mich noch für ihn. Und man sollte in diesem Fall am besten nicht lange warten und innerhalb von zwei bis drei Tagen den Eingriff vornehmen.

Im Anschluss an das Gespräch mit dem Arzt durften wir Nikolaj sogar sehen. Er war noch schwach und war zu Tränen

gerührt über mein selbstloses Handeln. Er drückte mir in Dank-
barkeit und purer Liebe wortlos die Hand. Wenn ich in seine
Augen blickte, sah ich mich selbst. Wir waren eins. Ein Geist,
ein Körper, zwei Leben, zwei Nieren, Zwillinge eben.

Nach der weiteren Planung des Eingriffes, der schon am
übernächsten Tag stattfinden würde, konnte ich nun endlich
versuchen Claudia eine Nachricht zu übermitteln. Sie verbrachte
nun schon den zweiten Tag allein an Bord und ich hatte deswe-
gen ein so schlechtes Gewissen, dass ich ruhelos in meinem
Hotelzimmer auf und ab ging. Ich rang nach den richtigen Wor-
ten.

Sie wusste ja immer noch nicht, warum ich nicht gekommen
war, und musste entweder vor Sorge fast umkommen oder vor
Wut toben. Oder beides abwechselnd. Anton hatte in der Zwi-
schenzeit herausgefunden, dass man an das Kreuzfahrtschiff
Nachrichten per Fax übermitteln konnte. Das nahm ich nun
sofort bei einer Postfiliale in Angriff. Ich sandte an die angege-
bene Nummer eine etwas wirre Nachricht, in der ich ihr die
Umstände erklärte und sie um Verzeihung bat.

Als ich die verfasste Nachricht überflog, las sich der Text wie
eine fadenscheinige Ausrede oder die Story einer sehr schlechten
Daily Soap. Aber das war nun mal meine Realität, das reinste
Chaos. Ich konnte es in diesem Moment weder beschönigen noch
ändern und ersuchte sie inständig, mich sofort anzurufen, sobald
sie wieder an Land war.

Doch bis zur Operation am übernächsten Tag hatte sich
Claudia nicht gemeldet und ich war schrecklich beunruhigt. Mir
schwante Böses.

Vor lauter Sorge um meine Beziehung zu Claudia und um
Nikolajs Leben hatte ich mir kaum Gedanken um meine eigene

Gesundheit gemacht und trat die Operation ziemlich unbedarft an. Nach nicht einmal zwei Stunden war der Eingriff vorbei und Gott sei Dank war alles gut verlaufen. Die Wunde an meiner Seite bereitete mir Schmerzen, die Hauptsache war jedoch, dass meine Niere nach kurzer Zeit in Nikolaj weiterzuarbeiten begann. Er würde zumindest noch fünf Wochen im Krankenhaus bleiben müssen, während ich nach einer Beobachtungszeit von fünf Tagen entlassen werden würde. Und schon am folgenden Morgen ging es mir körperlich halbwegs gut und die Schmerzen ließen langsam nach, meine Nerven waren wegen Claudia allerdings schrecklich angespannt.

Die Tage der Genesung nach der Operation verbrachten wir im selben Zimmer.

»Hier ist es fast so wie früher. Weißt du noch, als wir in Köln lebten?«, fragte ich Nikolaj während einer Phase, in der er wach war.

»Ja, wir beide gemeinsam in unserem Kinderzimmer«, flüsterte er.

»Und von draußen hörten wir die Türen knallen und Vater toben. Kein Wunder, dass Mutter es nicht bei ihm ausgehalten hat.«

»Und da war sie nicht die einzige, oder? Er hatte doch noch eine Zeit lang eine Freundin in New York?«

»Keine Frau nach Mutter blieb jemals länger als zwei Jahre bei ihm. Von Lisa habe ich dir schon erzählt. Anfangs lehnte ich sie ab, weil ich darauf gehofft hatte, dass Mutter und du vielleicht doch noch zu uns nach New York kommen würdet. Wenn Lisa nach Hause in unser Apartment kam, dann schmollte ich und weigerte mich mit ihr zu sprechen. Vater wäre das egal gewesen, aber Lisa drängte darauf, dass er sich um ein gutes

Einvernehmen zwischen uns allen bemühen sollte. Schließlich erpresste ich ihn. Ich akzeptierte Lisa, im Gegenzug wollte ich aber mit zu den Orchesterproben genommen werden.

Überrascht stellte ich damals fest, dass sie auch Mitglied im Ensemble war. Manchmal ist das Leben schon eigenartig. Mutter war Cellistin, genauso wie Lisa und auch Claudia.«

»Da hast du absolut recht, das Leben ist voll von Zufällen. Zum Glück, sonst würden wir hier nicht nebeneinander liegen«, sagte Nikolaj matt und lächelte.

Ich setzte mich zu ihm auf das Bett und half ihm ein paar Schlucke aus seiner Teetasse zu trinken.

»Was Frauen betraf, war Vater ein echter Glückspilz. In Moskau hatte er auch eine liebe Freundin, die das Herz am rechten Fleck hatte. Ihr Name war Olga und ihre fröhliche Art war richtig ansteckend. Meistens hörte man ihr Lachen schon von Weitem, noch bevor man sie sehen konnte. Ich mochte sie sehr.«

Ich ging wieder zu meinem Bett zurück, legte mich hinein und schlug die Decke über meinen Körper.

»Doch just als ich mit 13 Jahren meinen ersten großen Auftritt als jugendlicher Dirigent bei der Weltausstellung in Lissabon hatte, ging die Beziehung zwischen Vater und ihr auseinander. Vater ließ abermals verbrannte Erde zurück und beschloss den Kontinent zu wechseln. So kam es, dass wir nach Sydney umzogen. Diesmal musste ich nicht nur Olga, sondern auch Oma zurücklassen, denn sie wollte ihre wiedergewonnene Heimat Moskau nicht mehr missen.«

»Das war sicher sehr schwer für dich damals«, flüsterte Nikolaj erschöpft und als ich zu seinem Bett hinübersah, bemerkte ich, dass er die Augen geschlossen hatte.

Trotzdem sprach ich leise weiter: »Eigentlich hatte ich es instinktiv schon so kommen sehen und meinen Aufenthalt in Moskau wie auch die Gesellschaft von Olga von Anfang an nur als einen vorübergehenden Zustand betrachtet. Mein Herz hatte ich wohlweislich verschlossen gehalten. Denn unter den Trennungen von Mutter und Lisa hatte ich sehr gelitten, aber diesmal war es Olga, die Tränen vergoss, als wir uns für immer verabschiedeten und zu unserer neuen Heimat in Australien aufbrachen.

Weißt du, mittlerweile war ich stark und mein Herz war nicht mehr verwundbar, sodass ich sogar den Abschied von Oma überaus gefasst wegsteckte. Feinfühlig und empfindsam, wie sie war, bemerkte sie meine Abgeklärtheit. Am Bahnhof umarmte sie mich lange und zuletzt flüsterte sie mir ins Ohr: ›Danilo, einsam und alleine blüht keine Blume.‹ Ich verstand mit meinen 13 Jahren schon genau, was sie mir damit sagen wollte. Aber damals war ich mir sicher, dass sie im Unrecht war. Wenn man an den Orten, an denen man sich aufhielt, keine Wurzeln bildete und sich nicht an die Leute band, mit denen man zusammen war, dann gab es auch niemals Verletzungen, so dachte ich. Deswegen nahm ich mir vor mich niemals an andere Menschen zu binden und mich nicht von ihnen abhängig zu machen. So wie Tillandsien, kennst du sie? Das sind sogenannte Luftpflanzen. Sie leben, ohne jemals Wurzeln zu bilden. Genau so wollte ich sein: ein unverwurzeltes, unverletzbares Lebewesen ohne Bindungen und deshalb jederzeit bereit umgepflanzt zu werden. Eine sehr lange Zeit hing ich dieser Ansicht nach und lebte auch genau so. Ich ließ keine Frau enger an mich heran. Erst als ich Claudia kennenlernte, begann sich alles zu ändern.«

Ich hörte Nikolaj in langsamen, gleichmäßigen Zügen atmen und wusste, dass er längst eingeschlafen war. Es war eigenartig, wie diese Zwangspause im Krankenhaus in meinem sonst so bewegten Leben all diese Erinnerungen in mir an die Oberfläche brachte.

Ich vertraute Nikolaj noch vieles andere aus meinen vergangen Jahren in New York, Moskau und Sydney an und er hörte so lange zu, wie er konnte. Er schlief einfach ein, wenn er müde war. Sobald er wieder aufgewacht war, setzte ich meine Erzählungen fort.

Nur von meinem verpassten Traumurlaub und dem sich anbahnenden Fiasko mit Claudia traute ich mir nicht zu sprechen, denn ich wollte ihn nicht beunruhigen.

Unzählige Male hatte ich mich hinausgeschlichen und Claudias Nummer gewählt, aber sie war nie erreichbar. Sie musste immer noch an Bord des Schiffes sein. Je mehr Zeit verging und je weiter Nikolajs Genesung voranschritt, desto stärker wurden meine Befürchtungen in Bezug auf Claudia.

Wie würde sie reagieren, wenn ich sie wiedersah? Ich hatte furchtbare Gewissensbisse und stand so unter Strom, dass ich es kaum erwarten konnte, die Heimreise nach Wien anzutreten.

Endlich, nach fünf Tagen war es so weit und ich erhielt die Erlaubnis dazu. Ich verabschiedete mich schweren Herzens von Nikolaj und Annabel mit dem Versprechen, dass wir uns bald wieder sehen würden. Ich war froh, dass er in Kürze ganz der Alte sein würde. Aber mit jedem Tag, an dem ich Claudia nicht erreichen konnte, verstärkten sich meine Vorahnungen über die Schwierigkeiten, die mich zu Hause erwarten würden.

Die Heimreise nach Wien war unheimlich lang und ereignislos. Ich hatte viel Zeit, um über all meine Ängste nachzugrübeln und mich mit meiner Sorge, Claudia zu verlieren, verrückt zu machen. Ich vermisste sie hunderttausendmal mehr als meine entnommene Niere, deren noch im Verheilen befindliche Narbe mir im Zug ab und zu stechende Schmerzen bereitete. Der Schlafwagen, den ich mir gegönnt hatte, machte es etwas einfacher. Noch viel unangenehmer war die Beklemmung in meiner Brust, die sich von Kilometer zu Kilometer, den wir zurücklegten, steigerte.

Endlich in Wien angekommen, erwartete mich mein bester Freund Anton am Bahnhof. »Was machst du nur immer für Sachen«, sagte er zur Begrüßung.

Claudia war tatsächlich nicht in ihrer Wohnung, wie ich durch mehrfache Besuche ihrer Adresse feststellte. Das bedeutete, sie hatte die Kreuzfahrt fortgesetzt, nachdem sie meine Nachricht erhalten hatte. Anton deutete das als ein gutes Zeichen, denn dann hätte sie sich sicherlich gut erholt und wäre bestimmt nicht allzu sauer auf mich. Wenn Anton nur Recht behalten würde.

Am nächsten Tag war die Kreuzfahrt zu Ende und Claudia kehrte wieder nach Wien zurück. Morgens war ich grauenhaft nervös und kaufte einen Strauß Frühlingsblumen, der so riesig war, dass ich mich fast komplett dahinter verstecken konnte. Im Abholbereich des Flughafens war an diesem Samstagnachmittag viel los. Wie Ameisen in einem Staat liefen Menschen umher und trugen oder schoben Gepäckstücke durch die Gegend. Mein Puls schnellte in die Höhe, als das Flugzeug aus Barcelona endlich landete und die ersten Passagiere in den Abholbereich traten. Zuletzt kam Claudia heraus und mir stockte der Atem vor Aufregung und Liebe. Sie trug ein kurzes, helles Sommerkleid. Ihr braunes Haar war zu einem lockeren Zopf nach hinten gebunden, wodurch ihr schönes Gesicht zur Geltung kam. Doch dann musste ich erkennen, dass sie nicht alleine war. Ich sah auch ihre Mutter Elena, die ihrer Tochter folgte und sich offenbar über irgendetwas aufregte, denn sie schimpfte missmutig vor sich hin. Dann drehten sich die beiden um und warteten auf einen blonden, ungefähr 40-jährigen Mann in hellgrauer Leinenhose und einem weißen Poloshirt, der einen überbeladenen Kofferwagen schob.

Offenbar transportierte er das Gepäck von Claudia und Elena und es sah aus, als ob die drei zusammengehörten. Die Erkenntnis versetzte mir einen Stich ins Herz und ich schnappte nach Luft. Ich ging auf Claudia zu, den riesigen Blumenstrauß vor mir in meinen Händen haltend. Ich war nur noch wenige Meter entfernt, als Claudia in meine Richtung blickte. Sie sah mich und blieb wie angewurzelt stehen. Ich ging auf sie zu, bis ich nur noch einen Schritt von ihr entfernt war, und sah in ihre wunderschönen dunkelblauen Augen. Der Flughafenlärm war plötzlich verstummt, es gab nur noch sie und mich. Die Worte, die ich mir in den schlaflosen Nächten zuvor für diesen Moment zurechtgelegt hatte, waren aus meinem Gehirn verschwunden und ich war nur noch froh ihr gegenüberzustehen.

Elena holte mich wieder in die Realität zurück: »Danilo! Das ist ja wohl die Höhe! Jetzt tauchst du auf. Sie alleine auf diesem Schiff sitzen zu lassen, was für eine Frechheit. Du kannst froh sein, dass ich Zeit hatte und gerade noch in Malaga zusteigen konnte. Das war wirklich unglaublich von dir. Komm, Claudia, wir fahren nach Hause. Hier entlang, Norbert«, sagte sie im

Befehlston zu dem Blonden, der das gefährlich beladene Koffergefährt neben Elena zum Stillstand gebracht hatte.

»Claudia«, rief ich und umfasste mit meiner Rechten sanft ihr Handgelenk, die Blumen hielt ich ihr mit meiner Linken vor die Nase. »Es tut mir so leid, bitte, hör mir zu!«

»Mir tut es auch leid«, sagte sie leise und traurig. »Du hattest einen triftigen Grund, unsere gemeinsame Reise sausen zu lassen, dein Bruder hat dich gebraucht. Ich mache dir keinen Vorwurf, aber du verstehst sicher, dass ich enttäuscht bin und jetzt ein wenig Zeit für mich brauche.«

Und dann löste sie ihr Handgelenk mit einem fast zärtlichen, aber bestimmten Dreh aus meinem losen Griff. Wie in Zeitlupe schritt sie an mir vorbei, meinen erhobenen Strauß Blumen ignorierend, und ging ihrer Mutter nach in Richtung Ausgang. Hinter den beiden folgte der blonde Norbert, der versuchte mit seinem Kofferwagen in der Spur zu bleiben.

In mir brach eine Welt zusammen. Ich stand starr in einem Schockzustand und blickte der Gruppe nach, wie sie um die Ecke bog und das Flughafengebäude verließ.

Da rüttelte mich ein Impuls auf: ›Lauf ihr nach, lass sie jetzt nicht einfach so gehen!‹

Ich setzte mich in Bewegung, nach einigen langsamen Schritten lief ich so schnell, wie es die entgegenkommenden Passagiere erlaubten. Ich sah sie am Ende der Straße in ein Taxi steigen. Der Wagen fuhr jeden Moment los. So schnell ich konnte, rannte ich auf das Auto zu. Ich versuchte mich bemerkbar zu machen, indem ich den Strauß vor mir hin und her schwenkte. Doch der Wagen fuhr an mir vorbei und machte keine Anstalten anzuhalten. Das Letzte, was ich von dem Taxi erkannte, war Elenas angesäuerter Blick auf der Beifahrerseite.

Danach prallte ich mit einem Touristen zusammen, der es ebenso eilig hatte wie ich. Es warf mich um und ich fiel unglücklicherweise genau auf jene Seite mit der noch nicht ganz verheilten Narbe. Genau solche Situationen wie große Aufregung, atemloses Rennen und Stöße hatte ich laut dem Doktor tunlichst vermeiden sollen. Als ich mich unter höllischen Schmerzen wieder aufrappelte, schrie eine Frau neben mir und deutete auf meine Seite, an der sich die Operationsnaht geöffnet hatte. Es trat Blut aus und mein weißes Hemd war dabei, sich dunkelrot zu färben. Passanten stützten mich und schnatterten auf mich ein, ich verstand kein Wort.

Mein Herz fühlte sich genauso an wie meine blutende Seite, schmerzend und verletzt. Ich spürte, dass meine Beine unter mir nachgaben, und versank in tiefem Schwarz.

Ich verlor für eine kurze Zeit das Bewusstsein und erwachte erst in einem Rettungswagen wieder, der mich mit Blaulicht und Martinshorn in ein Krankenhaus nach Wien brachte. Dort angekommen musste meine Wundnaht wieder genäht werden und der behandelnde Arzt schimpfte unablässig mit mir, weil ich so unvorsichtig gewesen war.

Anton suchte mich sofort im Krankenhaus auf und ließ sich von dem Fiasko am Flughafen berichten. Sein Kommentar dazu war ein langgezogenes »O je«, ein Seufzen, das sowohl ein kräftiges Jammern als auch ein bisschen Wut ausdrückte. Er litt mit mir und wir überlegten ergebnislos, was ich tun könnte, um Claudias Herz wiederzugewinnen.

Da klopfte es an der Tür. Eine Dame trat ein, die sich als Redakteurin einer österreichischen Zeitung vorstellte. Sie hatte von meinem Unfall am Flughafen gehört und bat um ein Interview.

Ich winkte gleich ab, denn ich hatte keine Lust, meine Geschichte in der Öffentlichkeit breitzutreten.

Doch Antons Gesicht erhellte sich und er sagte zu ihr: »Darf ich sie auf einen Kaffee einladen?«

Anton erzählte ihr, wie ich im Nachhinein erfuhr, haarklein meine ganze Lebensgeschichte, beginnend von der traumatischen Scheidung der Eltern und der Trennung von meinem Zwillingsbruder über meine glanzvolle Karriere als musikalisches Wunderkind bis hin zur späteren glücklichen Wiedervereinigung der Geschwister. Dann ließ er sich über den schrecklichen Unfall Nikolajs aus und meinen sofortigen Entschluss, meinem Bruder eine Niere zu spenden. Er trug höchst dick auf, erfand hier und da ein Detail und ließ mich insgesamt als einen strahlenden Helden erscheinen. Einen Lebensretter, ein Genie, das noch dazu überaus bescheiden war.

Im Krankenzimmer machte sie noch ein paar Aufnahmen von mir, dem ›gutaussehenden, dunkelhaarigen Erfolgsdirigenten‹, wie die Redakteurin säuselte. Eine Großaufnahme meines Gesichtes, noch gezeichnet von den Strapazen des Eingriffes, aber bereits wieder stark und gefasst mit männlichem Dreitagesbart und sanftem Blick. Stark aber sensibel.

»Ja, das wird gut«, rief Anton erfreut, während er die digitalen Aufnahmen der Bilder begutachtete.

Zwei Tage später präsentierte mir Anton den Artikel. Ich hatte es auf die Titelseite der bunten Sonntagsbeilage geschafft.

»Wow. Warum hast du eigentlich so dick auftragen müssen?«, fragte ich, als ich mir den Artikel durchlas.

»Alles nur wegen Claudia. Mir ist klar geworden, dass es keinen anderen Weg gibt, auf dem du sie wieder zurückerobern kannst. Nein, sie muss wieder zu dir zurückwollen. Erfolg macht sexy, das weiß doch jeder. Wenn es nicht die Erfolgsstory ist, dann hoffentlich die Mitleidstour.« Und er zwinkerte mir zu.

Ich war mir nicht sicher, ob das so einfach funktionieren würde. Claudia kannte mich doch schon zu gut, als dass ich ihr einen Supermann vorspielen konnte.

»Wir werden sogar noch eine Schippe drauflegen und Elena auf deine Seite holen«, sagte er zu mir und erörterte mir seinen Plan, den wir sofort umsetzten.

Zwei weitere Tage später fand Elena einen Brief von mir in ihrem Briefkasten vor. Darin befanden sich zwei Eintrittskarten der besten Kategorie zum nächsten Neujahrskonzert. Um die zu bekommen, hatte ich Himmel und Hölle in Bewegung gesetzt. Solche Karten waren für Normalsterbliche nicht zu ergattern und selbst ich als Dirigent hatte üblicherweise keinen Zugriff auf derart gute Plätze. Elena und ihr Mann würden sich im Rampenlicht befinden. Die ganze Welt und vor allen Dingen ihre Freundinnen sowie Nachbarn würden sie dort sitzen sehen, mitten unter der Weltprominenz aus Politik und Wirtschaft. Das würde Elena gefallen. Die Karten waren aus dem Kontingent der österreichischen Bundesregierung abgezogen worden, was bedeutete, dass der Unterrichtsminister beim Neujahrskonzert nicht dabei sein würde. Ich hatte dem Management des Events praktisch alles versprochen, was ich nur in die Waagschale werfen konnte, bis auf meine zweite Niere.

Anton hatte gemeint, dass eine Tochter, wenn auch unbewusst, immer auf ihre Mutter hören würde. Es könnte der ausschlaggebende Kick sein, das Zünglein an der Waage. Wenn Elena positive Stimmung für mich bei Claudia machen würde, dann würde alles gut werden. Da war vielleicht etwas dran. Insgeheim hatte ich schon an seinen Ideen gezweifelt, aber Anton war doch absolut genial.

Ich schickte Elena die Eintrittskarten mit einer kurzen Nachricht. Darin schrieb ich, dass ich mich für die Unannehmlichkeiten entschuldige und sehr darauf hoffe, sie bald wiederzusehen. Doch vor allem wünschte ich mir, dass sie meinen indirekten Wink verstehen würde.

Mittlerweile waren vier Tage seit meinem kurzen Aufeinandertreffen mit Claudia am Flughafen vergangen und ich wurde endlich aus dem Krankenhaus entlassen. Ich hatte Claudia jeden Tag fünfmal angerufen, doch sie hatte nie abgehoben und mein Mut begann zu sinken. Als sie dann endlich beim 21. Anruf abhob, war ich kurzzeitig ganz aus dem Konzept.

»Danilo«, sagte Claudia und ihre Stimme jagte mir einen Schauer über den Rücken.

Atemlos, ohne sie zu Wort kommen zu lassen, ratterte ich meine ganze Geschichte herunter: Der Anruf von Annabel, die spontane Entscheidung nach St. Petersburg zu fahren, die Nierentransplantation und so weiter. Claudia hörte sich alles geduldig an. Ich schloss meine Erzählungen mit den Worten »Bitte, Claudia, verzeih mir, aber ich konnte nicht anders.«

»Danilo. Hör mir zu. Ich weiß mittlerweile, dass ich dir nicht einmal einen Vorwurf machen kann. Dein seltsames Verhalten, die Dinge, die dir ständig passieren. Ich habe nun erkannt, dass du diese Geschichten nicht absichtlich herbeiführst. Mir ist aber folgendes bewusst geworden: Diese fortgesetzten Verwicklungen und Verwirrungen in deinem Leben treten immer dann auf, wenn es darum geht, dich zu mir zu bekennen oder wenn wir im Begriff sind, unsere Beziehung zu vertiefen.

Erinnerst du dich, als du dich nach unserer ersten gemeinsamen Nacht zehn Tage lang nicht bei mir gemeldet hast? Du hast mir erklärt, dass du es nicht über dich gebracht hast. Zehn Tage lang! An dem Tag, als wir bei meinen Eltern zum Abendessen eingeladen waren und du dich so danebenbenommen hast, was für eine schräge Geschichte dir da passiert ist. Ich sage nur Tom Cruise und die Autogrammkarte. Und nun hast du unseren ersten gemeinsamen Urlaub verpasst, wobei ich dir die Nierentransplantation deines Bruders natürlich nicht zur Last lege. Erst haben wir es kaum glauben können, aber dann war dieser Artikel über dich in der Zeitung und sogar Mama hatte richtiggehend Mitleid mit dir. Doch du hast neben deiner Flugpanik und deiner Klaustrophobie auch massive Beziehungsangst, das musst du doch ebenso erkennen.«

In dieser Art hatte Claudia zuvor noch nie gesprochen. Sie hörte sich an, als würde sie aus einem Beziehungsratgeber zitieren.

»Ich habe mit einem Professor der Psychologie über dich gesprochen. Mama und ich haben ihn auf der Kreuzfahrt kennengelernt. Du hast ihn vielleicht am Flughafen gesehen, er hat uns mit dem Gepäck geholfen.

Als du nicht aufgetaucht bist, habe ich dich erst wie verrückt auf dem Schiff gesucht, es war ein wahrer Albtraum! Ich bin durch die Decks geirrt und konnte dich nirgends finden. Alleine in dieser riesigen Kabine habe ich mich so furchtbar einsam gefühlt. Ich war am Boden zerstört, habe schließlich Mama angerufen und dann zwei Tage lang geweint, bis das Fax kam. Dann wusste ich wenigstens, dass dir nichts Lebensbedrohliches zugestoßen ist, aber ich konnte nicht verstehen, warum immer dir solche Geschichten passieren. Norbert hat sich als wahrer

Freund erwiesen, ein offenes Ohr für mich gehabt und mich sogar in Bezug auf unsere Beziehung beraten.«

»Aber er kennt mich doch gar nicht!«

»Nun, ich habe ihm alles über dich und unsere Verbindung erzählt. Es war ja wirklich genug Zeit in 14 Tagen.«

»Und das Ergebnis seiner Expertise ist, dass ich beziehungsgestört bin?«

»Ähm, ja, kurz gesagt. Und er rät mir davon ab, die Beziehung mit dir fortzuführen.«

»Was? Claudia!«, rief ich. Das durfte doch nicht wahr sein.

»Warte, lass mich doch ausreden. Er rät mir ab diese Beziehung mit dir fortzuführen, wenn du nicht beginnst deine unterbewussten Probleme aufzuarbeiten und die Mechanismen aufzulösen, die zu deinen Angststörungen führen. Sonst wird das nie aufhören.«

»Das bedeutet?«

»Ich möchte, dass du psychotherapeutische Sitzungen bei Norbert nimmst.«

Ich schwieg.

»Ich hoffe, dass du dieses Angebot annimmst. Denn ich vermisse dich«, sagte sie leise mit ihrer sanften Stimme, dass mir ganz warm ums Herz wurde. »Aber ich möchte, dass du ernsthaft gegen deine Ängste ankämpfst und endlich etwas unternimmst. Du musst dir helfen lassen.«

Ich war zwar nicht erfreut über die Bedingungen, aber doch absolut glücklich, dass sie mir noch eine Chance gab.

»Und ich kann dir gar nicht sagen, wie sehr ich dich vermisst habe, Malyschka«, sagte ich mit rauer Stimme. »Die letzten beiden Wochen waren die reinste Hölle für mich. Natürlich mache ich das, wenn du es möchtest.«

»Das macht mich sehr glücklich, Danilo«, sagte Claudia.

»Können wir uns heute sehen, kann ich zu dir kommen?«, fragte ich hoffnungsvoll.

»Norbert meinte, dass du zumindest acht Sitzungen gehabt haben solltest, bevor wir uns wiedersehen. Du solltest die Ursachen deiner Probleme schon im Groben erkannt und deren Aufarbeitung begonnen haben, denn sonst ist die Gefahr sehr hoch, dass du in alte Muster zurückfällst.«

»Aber das wären ja mindesten zwei Wochen, wenn ich vier Sitzungen jede Woche mache«, rief ich enttäuscht aus.

»Ja, beziehungsweise sogar länger, falls du nicht so viele schaffst.«

Es half nichts. Wir verabschiedeten uns noch lange und mit liebevollen Worten und danach übermittelte sie mir die Kontaktdaten von diesem blonden Professor Norbert Busta. Als ich Anton gleich danach anrief und ihm von den neuesten Wendungen in meinem Liebesleben berichtete, stöhnte er auf und fand die Geschichte mit diesem Professor höchst merkwürdig.

Widerwillig vereinbarte ich tags darauf einen Termin in seiner Praxis. Offensichtlich war mein Anruf bereits erwartet worden, denn die Frau am Telefon rief: »Ah, Herr Orlow.« Meine Freude hielt sich in Grenzen mit Professor Psycho in meinem Unterbewusstsein zu forschen.

Die erste und einzige Sitzung bei Professor Norbert Busta nahm einen unerwarteten Verlauf.

Wir gingen am großen Baum vorbei über die Lichtung und hinein in den Wald. Immer wieder späte ich in den Himmel und suchte mit den Augen die Baumkronen ab, ob ich irgendwo Raben entdecken konnte, zunächst jedoch ohne Erfolg.

Ich schritt rasch voran und führte die Gruppe schweigend wie auch konzentriert durch den dichten Wald, so schnell ich es konnte. Wir mussten uns beeilen. Endlich erreichten wir das Felsmassiv, an dem Els mir letztes Mal die optische Täuschung gezeigt hatte. Ihre Höhle musste hier irgendwo in der Umgebung der Felswand sein, wie ich von meinem ersten Aufenthalt bei ihr nach meinem Sturz vom Baum wusste.

Es erschien mir am besten, wenn wir uns hier aufteilen und mit etwas Abstand zwischen uns die Suche fortsetzen würden. So könnten wir gemeinsam einen möglichst großen Bereich absuchen. Sobald wir uns nicht mehr sehen, sondern nur noch hören konnten, begannen wir die Suche und riefen laut nach Els. Als ich ein paar Raben aufgeregt kreischend wegfliegen sah, ahnte ich schon, dass es nicht mehr lange dauern würde.

Nach wenigen Minuten hörte ich ein Knacken hinter mir und fuhr herum. Els stand da, keine zehn Schritte hinter mir, mit verschränkten Armen an einen Baum gelehnt.

»Was machst du schon wieder für einen Krach?«

»Els, Gott sei Dank, ich habe dich gesucht!«, rief ich erleichtert aus.

Sie machte ein reserviertes Gesicht, denn unsere letzte Begegnung war nicht gerade harmonisch verlaufen. Doch dann hörte sie mir aufmerksam zu, als ich mein Anliegen vorbrachte.

Schließlich sagte sie: »Du selbst hast vor vielen Jahren deine Erinnerungen tief in dir verscharrt wie einen miefenden Kadaver. Und jetzt geistert sein Gestank gleich einem Untoten durch dein Leben und macht es dir zur Hölle. Doch nur du allein kannst ihn ausgraben und für immer verbrennen.«

»Aber ich dringe nicht durch, ich kann mir die Vorkommnisse von damals nicht ins Gedächtnis rufen!«

Els sah mich nachdenklich an. »Wenn du möchtest, kann ich dir beim Schaufeln behilflich sein, aber ich warne dich: Es könnte unangenehm werden.«

Ich überlegte nicht lange. Els Behandlung würde bestimmt nicht so unangenehm sein wie die Therapiestunde bei dem blonden Norbert damals.

23 Neujahrskonzert II

Professor Norbert Busta, oder auch Doktor Psycho wie Anton ihn nannte, stellte sich mir bei unserer ersten Sitzung als besonderer Liebhaber klassischer Musik vor und fragte mich über meine Karriere aus. Danach erkundigte er sich detailliert über meine bisherigen Engagements und den renommiertesten Konzerten. Auch über diverse Künstlerkollegen, Dirigenten und Opernsängerinnen, die ich persönlich kannte, wollte er alles Mögliche wissen. Schließlich nahm er dann sogar die Partitur von Beethovens Neunter Sinfonie aus der Schublade und diskutierte mit mir Details daraus.

Eine Stunde verfloss und wir hatten noch gar nicht über mich und mein Innenleben gesprochen, als er auf die Uhr schaute und sagte: »So, unsere Sitzung ist gleich um. Ich habe gehört, dass Sie das diesjährige Neujahrskonzert dirigieren werden?«

Ich bejahte.

»Hm, da ich Sie nun kennengelernt habe und gesehen habe, was für ein bemerkenswerter Mann Sie sind, habe ich auch keine Bedenken mehr in Bezug auf eine Beziehung zwischen Ihnen und meiner lieben Freundin Claudia. Sie ist ein wenig angespannt, kommt mir vor. Damit sie beruhigt ist, werde ich ihr mitteilen, dass wir mehrere gute Therapiesitzungen hatten und dass ich hinsichtlich eurer gemeinsamen Zukunft optimistisch bin. Das ist natürlich nicht ganz gelogen, ich konnte mich davon überzeugen, dass Sie ein netter Kerl sind. Sagen wir, so in zwei Wochen werde ich Claudia Bescheid geben.«

»Wirklich?«, rief ich erfreut aus und konnte mein Glück kaum fassen.

»Selbstverständlich. Anstatt eines Honorars hätte ich nur eine kleine Bitte an Sie: Ich versuche seit mehreren Jahren an *wirklich gute Karten für das Neujahrskonzert zu kommen, Parterre zwischen Reihe 1 bis 15 oder erster Rang, aber das ist so gut wie unmöglich. Könnten Sie mir vielleicht zwei solcher Karten besorgen? Dann können wir unsere Therapie, wie soeben besprochen, bald erfolgreich abschließen«, meinte er beiläufig und schaute mich mit einem unschuldigen Blick an.*

So ein Teufel. Mir klappte vor Erstaunen der Mund auf.

»Selbstverständlich«, antwortete ich und wusste, dass dies ein kompliziertes Unterfangen werden würde.

»Super, dann haben Sie jetzt 14 Tage Zeit, um alles unter Dach und Fach zu bringen. Wir sehen uns dann in zwei Wochen und bringen Sie bitte die Karten dann gleich mit.«

Er lächelte mich zur Verabschiedung an und schüttelte mir so kräftig die Hand, dass seine blonden Haare auf und ab wippten.

Als ich Anton von meiner Therapiesitzung erzählte, schüttelte er sich vor Lachen. »Na, da bin ich jetzt mal gespannt, wie du das anstellen wirst«, rief er.

Es blieb mir nichts anderes übrig, als noch einmal das Management des Neujahrskonzert-Events anzubetteln. Und der Preis war hoch. Ich verpflichtete mich im Gegenzug für zwei weitere Eintrittskarten der besten Kategorie dazu, das nächste Sommernachtskonzert in Schönbrunn zu dirigieren, an einem internationalen Werbespot für die Stadt Wien mitzuwirken und eine Homestory über mich schreiben zu lassen. Ich konnte mir zwar nicht vorstellen, warum sich jemand für meine Pfannkuchenrezepte interessieren sollte, und sah mich schon zwischen einem Wald von Duftkerzen posieren, aber bitte.

Ich war heilfroh, als ich nach zwei Wochen die begehrten Eintrittskarten endlich in meinen Händen hielt und in der Praxis

Professor Busta übergab. Er versicherte mir, dass er nun seiner-
seits Claudia ein positives Urteil über meine Fortschritte über-
mitteln würde.

Mittlerweile war ich halb verrückt vor Sehnsucht nach Clau-
dia und hatte mich in den vergangenen beiden Wochen in meine
Arbeit gestürzt, um die Zeit irgendwie zu überbrücken. Ich
fieberte dem Moment unseres Wiedersehens entgegen.

Bei meiner Rückkehr nach Hause erwartete mich die schönste
und grandioseste Überraschung überhaupt. Auf den Stufen vor
meiner Wohnung sah ich eine schmale Gestalt in Jeans und
weißer Bluse sitzen. Braunes Haar fiel offen bis zu ihren Schul-
tern hinab und ihre dunkelblauen Augen strahlten, als sie mich
sah. Mein Atem setzte einen Moment aus und mein Herz pochte
wie wild. Dann durchzuckte mich ein Energiestoß, ich rannte
die letzten Stufen zu ihr hoch und drückte sie an mich. Ich wieg-
te sie wie in einem Tanz hin und her und vergrub wortlos mein
Gesicht in ihrem Haar.

Claudia lachte und sagte: »Komm lass uns reingehen, ja?«
Wie hatte ich diese Stimme und dieses Lachen vermisst.
»Ja«, antwortete ich und trug sie über die Schwelle der Woh-
nungstür.

Els holte eifrig allerlei Tongefäße aus den Regalen ihrer Höhle und stapelte sie auf dem alten, dunklen Holztisch vor mir auf. Als sie die Deckel der Behältnisse öffnete, um getrocknete Pflanzen, eingelegte Beeren oder einen fermentierten Pilz zu entnehmen, verbreitete sich ein eindringlicher und strenger Geruch im Raum. Hochkonzentriert zerstieß sie alle Bestandteile in einem Mörser und mischte sie danach in einem kleinen, eisernen Topf unter Beigabe einer dunklen Flüssigkeit zu einem dünnen Brei zusammen, den sie über dem Feuer erhitzte und unter dauerndem Rühren kochen ließ.

»Diese Essenz wird die Barrieren zu deiner Erinnerung freilegen.«

»Du hast dieses Mittelchen sicher schon oft gemacht, oder?«, fragte ich zurückhaltend.

»Dieses und hunderte andere, da kannst du ganz unbesorgt sein. Ich bin eine Meisterin in der Herstellung von wirksamen Essenzen und in der Anwendung von Sprüchen. Damals auf der Erde habe ich nichts anderes gemacht, denn es herrschten schwere Zeiten. Krankheiten, Krieg und Armut machten den Menschen zu schaffen. Wir Hexen wollten das Leben der Leute verbessern und taten es mit den Heilkräutern, mit denen wir Krankheiten kurierten, oder auch unter Anwendung von Sprüchen, um das Wetter zu besänftigen oder in Liebesdingen nachzuhelfen. Die richtige Formel zur rechten Zeit und schon läuteten die Hochzeitsglocken. Den neugierigen Erdbewohnern verrieten wir, was die Zukunft bringen würde. Ein Blick in die Hände oder Karten sagte alles. Und auch gegen das Vergessen hat die Natur ein Kraut wachsen lassen oder genauer gesagt einen Pilz«

Zuletzt drückte Els die Masse durch ein graues Tuch und fing die durchlaufende braune Flüssigkeit in einem hölzernen Becher auf. Als sie mir das halbvolle Trinkgefäß schließlich stolz reichte, schüttelte es mich vor Widerwillen.

»Wenn du so empfindlich bist, solltest du besser nicht daran riechen. Nun lege dich da hinüber auf das Bett und geh in Gedanken zu der Zeit zurück, von der deine letzten Erinnerungen stammen. Wenn du so weit bist, trink das Elixier in einem Zug aus und die Wirkung wird nach wenigen Minuten einsetzen.«

Els zog einen Stuhl neben das Bett und setzte sich. Ich dachte an die Zeit, in der die Familie noch komplett gewesen war, mit meinen Eltern, Oma, Nikolaj und mir. Wir lebten in Köln und die Zeit war von Reisen zu Musikwettbewerben und Auseinandersetzungen zwischen meinen Eltern geprägt. Eines Tages verkündete mein Vater, dass Oma, er und ich nach New York zu einem internationalen Wettbewerb reisen würden.

Ohne mir ein Zögern zu erlauben, hielt ich mir mit zwei Fingern die Nase zu, führte den Becher an meine Lippen und stürzte die Flüssigkeit in einem Zug hinunter.

25 Mondscheinsonate

Im Wohnzimmer stapelten sich Koffer und Taschen. Vater und Oma waren seit zwei Tagen am Packen und auch meine Sachen waren in eine große Reisetasche gewandert. Am Nachmittag würden wir nach New York fliegen.

Erst hatte ich es als sehr aufregend empfunden und unsere Reise mit dem Flugzeug kaum erwarten können. Sicherlich würde sich alles bewegen wie im Aufzug des Fernsehturms und ich könnte aus dem Fenster hinunterschauen und Nikolaj winken, der mit Mutter zu Hause blieb.

Doch die Stimmung daheim war alles andere als freudig und hatte sich in der letzten Woche noch verschlechtert. Vor Kurzem noch hatte die meiste Zeit eine angespannte Gereiztheit in der Luft gelegen, die sich regelmäßig durch lautstarke Wortwechsel zwischen meinen Eltern entlud. Diese war seit einigen Tagen einer düsteren Traurigkeit gewichen, die Nikolaj und mich auf eine neue Art und Weise beunruhigte, sodass ich keine rechte Freude mehr auf die weite Reise verspürte. Stattdessen wollte ich häufig mit Oma kuscheln oder umarmte meine Mutter, die mich nicht wie sonst genervt wegschob, sondern mich fest im Arm hielt, solange ich wollte. Oma redete in gedämpften Worten in schnellem Russisch auf Vater ein, der gestresst abwinkte.

Obwohl es etwas schwierig für mich war, drängte es mich immer und immer wieder die Mondscheinsonate Beethovens auf meinem Pianino zu spielen, bis meine Mutter mich bat damit aufzuhören, denn es wäre zu schön, um es zu ertragen.

Draußen hupte das Taxi, das mein Vater bestellt hatte. Zusätzlich zu unserem eigenen Auto war noch ein separater Wagen nötig, um uns mit unserem vielen Gepäck zum Flughafen zu bringen. Vater sah auf seine Uhr. »Es ist Zeit.«

Ich saß auf dem Rücksitz des Taxis zwischen Nikolaj und meiner bleichen Mutter, die mich an sich drückte und mir sanft über den Kopf streichelte. »Vergiss nie, wie lieb ich dich habe!«, flüsterte sie mir eindringlich ins Ohr.

»Aber natürlich nicht, ich hab dich doch auch so lieb, Mama«, rief ich und schlang meine Arme um sie. »Sei nicht traurig, ich bin ja bald wieder da!«

Tränen liefen ihr über die Wangen, was war nur los mit ihr? Ich würde doch in zwei Wochen wieder zurück sein!

Fast musste ich meine Mutter stützen, als wir nach der Gepäckaufgabe an der Sicherheitskontrolle ankamen. Vater hob Nikolaj hoch und drückte ihm einen Kuss auf die Wange, der sich schüttelte und rasch aus Vaters Armen wand. Dann wuschelte mir Nikolaj zur Verabschiedung durch die Haare und versetzte mir lachend einen sanften Stoß in die Seite. »Vergiss nicht den Baseball«, erinnerte er mich an das Mitbringsel, das er sich wünschte.

Mein Vater sah Mutter an. »Wir müssen jetzt langsam los …«

Sie ging neben mir in die Hocke und schluchzte leise auf. Dann umarmte sie mich und wiegte mich hin und her. Schließlich nahm mein Vater meine Hand und zog sanft daran. Mutter ließ mich nicht aus ihrer Umarmung. »Nein, bitte nicht …«

Vater ziepte weiter an meinem Arm. »Komm jetzt, lass los, bitte, du machst es nur noch schlimmer.«

Ich kannte diesen Tonfall und wusste, dass er langsam ungeduldig wurde. Besser man folgte ihm. Doch Mutter verharrte und hielt ihrerseits an mir fest. Mit einem heftigen Ruck riss mein Vater so überraschend an meiner rechten Hand, dass Mutter nur noch meine Linke zu fassen bekam.

»Au«, rief ich überrumpelt auf.

Er zog mich weiter in Richtung Sicherheitskontrolle, doch sie zerrte aus der anderen Richtung an mir, sodass mir meine Schultergelenke schmerzten und ich aufschrie, worauf Mama mich schließlich freigab.

»Mama«, rief ich weinend und wollte zu ihr zurück, doch Vater hob mich Fliegengewicht einfach hoch und marschierte eilig mit mir zur Schleuse. Vor Wut strampelte ich und wollte hinunter, doch er drückte mich so fest gegen seine Seite, dass ich nach Luft schnappen musste.

»Komm jetzt mit«, zischte er fuchsteufelswild in russischer Sprache.

Ich fürchtete diesen Tonfall in seiner Stimme, die vor mühsam unterdrückter Wut zitterte. Doch solange ich mich an seiner Seite festklammerte, konnte er mir keine Ohrfeige verpassen, also drückte ich mich fest an ihn.

»Aber wer wird denn so weinen, fliegen macht doch Spaß«, sagte der Beamte an der Security aufmunternd zu mir und gab meiner Oma die Pässe zurück.

Kraftlos von der zehrenden Weinerei hing ich in den Armen meines Vaters und schaute zurück, doch wir waren schon um die Ecke gebogen und Mutter war aus meinem Blickfeld verschwunden.

Papa stellte mich wortlos auf den Boden und zog mich jetzt an einer Hand hinter sich her in Richtung unseres Abfluggates, vorbei an Luxusboutiquen und Duty-Free-Shops. Meine Tränen versiegten, als wir an den Designergeschäften und teuer aussehenden Auslagen vorbeiliefen. Ich wollte stehen bleiben und in die blinkenden Vitrinen schauen, aber Vater schleifte mich so rasch mit, dass Oma und ich kaum Schritt halten konnten.

Endlich hielten wir vor dem Einstiegsgate und wir konnten ein wenig verschnaufen. Nun packte mich doch die Vorfreude auf das bevorstehende Abenteuer. Oma zeigte mir unser Flugzeug, das wie ein riesiger Vogel auf dem Rollfeld parkte. Arbeiter so klein wie Playmobil-Figuren liefen emsig davor auf und ab und beluden es mit Koffern und Sprit.

Schließlich kündigte eine freundliche Stimme über Lautsprecher an, dass unser Flug nach New York zum Einsteigen bereit sei.

Oma reichte der Hostess unsere Tickets, die unsere Flugpapiere kontrollierte. »Dreimal New York, einfache Reise, ohne Rückflug«, sagte die Flugbegleiterin mit einem professionellen Lächeln.

Ich lief aufgeregt durch das Drehkreuz, das zustimmend piepste und uns passieren ließ. Das Flugzeug war nur halbvoll. Leider durfte ich nicht am Fenster sitzen, weil Vater keine Lust hatte, dauernd für mich aufzustehen. Also ließ ich meinen Sicherheitsgurt an die zwanzig Male klackend auf und zu schnappen, beobachtete die einsteigenden Passagiere und versuchte da und dort einen Blick nach draußen durch die schmalen Fenster zu erhaschen.

Irgendetwas arbeitete in mir und erschien mir eigenartig, doch ich kam nicht darauf, was es war. Dann fiel es mir ein. »Oma, warum hat die Stewardess vorhin gesagt ›ohne Rückflug‹?«

Oma sah mich bestürzt an und gab mir keine Antwort, stattdessen tauschte sie einen wissenden Blick mit Vater aus.

»Wann kommen wir wieder nach Köln zurück?«, fragte ich.

Vater schüttelte den Kopf und sagte schließlich: »Irgendwann.«

186

Es fiel mir wie Schuppen von den Augen: Wir würden nicht zurückkommen.

In Windeseile öffnete ich meinen Sicherheitsgurt, sprang von meinem Sitz auf und lief in Richtung Ausgang, der noch für nachkommende Passagiere geöffnet war. Da riss mich etwas zurück. Es war die harte Hand meines Vaters, die den Zipfel meines Kapuzenpullis zu fassen gekommen hatte. Blitzartig warf er mir seine Jacke über den Kopf und katapultierte mich auf seinen Schoß. Unter der Jacke hielt er mir mit einer Hand den Mund zu und unterdrückte so mein Schreien. Mit der anderen fixierte er mich fest an sich. Ich strampelte erbittert, um mich freizumachen, doch es war zwecklos. Die Arme meines Vaters hielten meinen Oberkörper fest wie eiserne Klammern und seine Beine hielten meine unteren Gliedmaßen, sodass ich mich keinen Zentimeter rühren konnte.

So eingekesselt bekam ich keine Luft und meine Lungen brannten wie Feuer. Mit aller Kraft versuchte ich mich in der stickigen Dunkelheit aufzubäumen. Herrgott Hilfe, ich wollte atmen. Stechender Schmerz durchdrang mich von meinem Zwerchfell bis zu meinen Augäpfeln und in meinen Ohren gellte ein pfeifender Ton wie ein Schrei. Eine bislang ungekannte Panik stieg in mir auf, ich hörte auf zu denken und versuchte nur noch mich irgendwie herauszuwinden. Bis es schließlich ganz plötzlich vorbei war.

Ich befand mich vor einem lichtdurchfluteten Portal und das ohrenbetäubende Pfeifen hatte sich in singende Stimmen verwandelt, die mich einluden näherzukommen. Gerne wollte ich hineingehen, denn das Licht verhieß mir Freude und Glück. Da wurde ich wieder zurückgerissen und die singenden Stimmen verformten sich abermals, diesmal in die Sprechweise meiner Oma.

»Danilo, Danilo«, rief sie atemlos und ich spürte, wie Hände auf meine Brust drückten und dadurch Luft durch meine Lungen gepresst wurde.

Ein eisiger Blitz traf meinen Kopf und lief an meinem Körper hinunter. Lichtreflexe drangen in meine Augen und brachten mich in meinen erwachsenen Körper im Hier und Jetzt zurück, der durch irgendetwas heftig hin und her gerüttelt wurde. Meine schmerzenden Lungenflügel hoben und senkten sich wie Blasebalge, in die heftig hineingetreten wurde und das Blut rauschte mir in den Ohren.

Ich legte meine flachen Hände auf meine vom Sauerstoffmangel schmerzenden Lungen und als ich blinzelte, sah ich Els, die sich über mich gebeugt hatte. Ihre Hände ruhten auf meinen Schultern.

»Danilo, Gott sei Dank. Ich musste dich irgendwie zurückholen, denn du bist ganz blau angelaufen. Ich dachte schon du erstickst!«

Neben meinem Kopf lag ein leerer Wassereimer, dessen Inhalt sie mir offensichtlich über den Kopf geleert hatte. Meine nasse Kleidung klebte an meinem Oberkörper und ich fror.

Während ich mir etwas Trockenes anzog, erzählte ich ihr stockend, was ich unter dem Einfluss ihres Mittels erlebt hatte. Die Erkenntnis war ungeheuerlich.

»Dieses Erlebnis hatte ich komplett aus meinem Gedächtnis verdrängt«, sagte ich.

Jene schreckliche Episode markierte den Beginn all meiner Angststörungen. Ich hatte die Ursache, die so lange im Dunkeln gelegen hatte, endlich erkannt. Die Einsicht ließ den sechsjährigen Jungen in mir mit einem Schlag erwachsen werden. Ich war kein hilfloser junger Bub mehr, der dem Jähzorn seines brutalen Vaters ausgeliefert war. Es war ein entsetzliches Trauma gewesen, aber es war vergangen und vorbei.

Mit dieser Einsicht glitt eine Last so schwer wie ein Kettenhemd von meinem mit alten Bürden beladenen Gemüt. Es schien mir, als würde ich das erste Mal seit fast dreißig Jahren ganz tief und frei durchatmen können, ohne dass eine Beklemmung meinen Hals beengte. Alles erschien mir in einem ganz neuen Licht und sogar der Gedanke, verheiratet zu sein, gefiel mir. Ich richtete mich kerzengerade auf.

»Els!«, sagte ich schließlich. »Ich danke dir sehr, durch diese Erkenntnis fühle ich mich wie ein Vogel, der aus einem Käfig befreit wurde. Doch all das bedeutet für mich nichts, wenn ich nicht zurückkehren kann. Bitte, hilf mir noch einmal, denn ich muss unter allen Umständen nach Hause auf die Erde. Durch mein wiedergewonnenes Wissen um meine Vergangenheit bin ich absolut sicher, dass ich die Reise in dem steinernen Behältnis dieses Mal ertragen werde. Und wenn es das Letzte ist, was ich in meinem Leben tun werde.«

Els sah mich prüfend an. »Wie du willst ... also dann auf ein Neues. Ich habe noch eine Idee, die deinem Vorhaben sehr nützlich sein wird. Mia kann uns nämlich helfen und ich werde sie deshalb in unseren Plan einweihen. Die Reise wird dann gleich beginnen, sobald du im Meteorit bist. Du wirst nicht erst da drin verharren müssen, bis die Lichtwesen kommen und es losgeht. Das hat ja das letzte Mal nicht so gut geklappt.«

»Danke, das ist wunderbar!«, rief ich. »Und bist du dir sicher, dass du Mia dazu bringen kannst? Was ist, wenn sie sich weigert oder uns gar verrät?«

»Nein, das wird sie nicht. Mia ist wie ich. Wir lieben Liebesgeschichten, das war schon auf der Erde so«, sagte Els lächelnd und zwinkerte mir zu. »Mia macht alles für mich, sie ist nämlich meine Tochter. Deswegen haben wir beide eine ganz spezielle Verbindung. Wenn ich geahnt hätte, wie schwer das mit dir wird, hätte ich sie schon bei unserem ersten Mal um Hilfe gebeten«

»Oh ja«, rief ich und diese neue Information hinsichtlich Mia stimmte mich sehr zuversichtlich.

»Gut. Dann machen wir es so und ich werde Mia einweihen«, sagte Els. »Der achte Monat des Jahres ist schon weit fortgeschritten und wir haben nicht mehr viel Zeit. Geh jetzt zurück und halte dich bereit. Wir machen es wahrscheinlich heute Abend, während des Konzertes, wenn die Hexen abgelenkt sind. Ich schicke dir Holle. Folge dem Raben, er wird dich dann zu mir bringen.«

Wir verabschiedeten uns und ich brach guter Dinge zur Lichtung auf. Pfeifend trat ich den Weg durch den Wald an und gab den Raben, denen ich mich empfahl, zum Lebewohl den *Radetzkymarsch* zum Besten.

Ganz in Gedanken versunken traf ich mitten im Wald auf Susanna und Christine, die nach mir suchten. Gemeinsam kehrten wir zur Lichtung zurück.

27 Rachmaninow, Beethoven und Chopin

Ich berichtete den anderen ausführlich von meinem Treffen mit Els, den Erinnerungen, die ich mithilfe ihres Trankes wiedererlangt hatte, und unserem neuen Plan.

Seit diesem Erlebnis verspürte ich neben Hoffnung auch noch eine neue Entschlossenheit und Gewissheit und war im Reinen mit mir. Aus ganzem Herzen gerne würde ich Claudia nun heiraten, aber die Chance dazu war in weite Ferne gerückt.

Die Zeit bis zum Aufbruch erschien mir wie die Ruhe vor dem großen Sturm, der alles entscheidenden, letzten Schlacht. Es war der richtige Zeitpunkt für den Flügel, den ich in der Höhle seit Tagen ignoriert hatte. Beinahe ehrfurchtsvoll näherte ich mich dem Instrument, setzte mich, ließ einen Moment lang meine Finger über den Tasten schweben und setzte dann ein.

Das Spielen fühlte sich wie eine Heimkehr für mich an, aber ich wusste, dass es auch ein Abschied sein konnte. Denn die Wahrscheinlichkeit des Misslingens unseres Plans war ebenso gegeben. Also rezitierte ich alle meine liebsten Klaviersonaten und spielte Beethoven für Mutter, Rachmaninow für Oma und Chopin für Claudia. Zum Schluss ließ ich noch jenes Lied anklingen, das automatisch immer wieder in meine Gedanken wiederkehrte: *Liebe ist Alles* von Rosenstolz, das mich meiner großen Liebe zumindest gefühlsmäßig nahe brachte.

Danach war ich ganz ruhig und beschloss mich noch ein wenig auszuruhen. Michael ersuchte ich um einen Weckruf, wenn die erste der beiden Sonnen sich dem Horizont nähern und so die Dämmerung ankündigen würde.

Meine innere Ruhe und Entschlossenheit war ungebrochen, als ich zur vereinbarten Zeit von Michael geweckt wurde.

»Danilo, ich glaube, es ist so weit«, hörte ich seine tiefe, sanfte Stimme vom Eingang der Höhle zu mir herüberdringen.

Ich war sofort hellwach und setzte mich auf. Die Schmerzen in meinem Hals waren fast verschwunden und der kurze Schlaf hatte mich erfrischt.

Als ich das Bündel Kleidung aufrollte, um Claudias Brief herauszuholen, kam mir spontan eine Idee. Ich zog meinen Hochzeitsanzug, der zwar stark zerknautscht und schmutzig war, wieder an und schlüpfte auch in das zerknitterte Hemd. Sogar die Fliege band ich mir locker um und schlüpfte barfuß in meine schwarzen Lackschuhe, denn die Socken konnte ich nicht finden.

Falls heute der letzte Tag meines Lebens angebrochen war, dann wollte ich doch als das sterben, was ich war und von Herzen sein wollte: Claudias Bräutigam. Dass ich in meinem zerknitterten Anzug und den Würgemalen an meinem Hals vermutlich aussah wie ein vom Galgen entflohener Bandit, blendete ich geflissentlich aus. Den Brief steckte ich in die Innentasche meines Anzugoberteiles. Ich war bereit.

Draußen probten meine Mitbewohner gerade für das abendliche Konzert. Es stand wieder Elvis auf dem Programm, dessen Songs Michael besonders liebte und beherrschte. Als sie mich sahen, verstummten sie und ich nickte ihnen zu.

»Gut schaust du aus«, sagte Susanna zu mir und schaute mich stolz an, wie einen Sohn.

»Bald wird es so weit sein«, sagte ich und sah mich um, ob ich den Raben schon irgendwo entdecken konnte.

Diesmal war die Stimmung eine andere als bei meinem Abschied vor zwei Tagen. Es lag eine Endgültigkeit in der Luft, die Abreise oder Ableben bedeutete. Der heutige Versuch würde funktionieren oder auch nicht, aber ich würde nie mehr wieder hierher zurückkommen.

Meine Freunde schauten etwas trübsinnig drein, aber zu meiner Freude waren Tom und Christine wohl endlich einen Schritt weitergekommen und hielten einander zärtlich an der Hand.

Wir saßen eine Zeit lang schweigend auf der Wiese vor der Höhle und hingen unseren Gedanken nach, als über unseren Köpfen der Rabe auftauchte und kreischend auf sich aufmerksam machte.

»Da ist er«, sagte ich und stand auf. Ich drückte meine Freunde der Reihe nach an mich. »Danke, danke für alles.«

Ohne mich noch einmal umzudrehen, ging ich dem Raben nach, der am Rande der Lichtung auf mich wartete.

Holle flog voran und wartete dann jeweils am Ast eines Baumes auf mich, bis ich ihn eingeholt hatte. Ab und zu krächzte er, als wäre er mit meinem Tempo unzufrieden. Als wir an dem Felsmassiv ankamen, stand Els schon dort und wartete.

»Alles klar?«, fragte ich sie zur Begrüßung und sie nickte.

»Wir warten nur noch auf dich. Komm!«, antwortete sie und drehte sich zur Steinwand um, hinter der sie schnell verschwand.

Diesmal kannte ich die optische Täuschung schon und lief unmittelbar hinter ihr her. Sogleich befanden wir uns auf der anderen Seite des Felsmassivs. Els ging zügig voran und ich folgte ihr auf dem Fuße. Meine Entschlossenheit war ungebrochen.

Unvermittelt machte sie mir ein Zeichen, leise zu sein, und lauschte in den Wald. Sie deutete mir mich zu verstecken. Wir konnten uns gerade noch hinter einen breitstämmigen Baum ducken, als ich das Flirren in der Luft bemerkte. Eine große Gruppe von etwa vierzig Lichtwesen zog lautlos an uns vorbei. Unwillkürlich musste ich bei dem Anblick an eine Parade missmutig und streng dreinblickender Londoner Guards denken, die ich einmal vor dem Buckingham Palast gesehen hatte. Mir gruselte es und ich drückte mich dicht an den Baumstamm, um ja nicht von ihnen entdeckt zu werden.

Als sie vorüber waren und wir uns vergewissert hatten, dass keine Nachzügler folgten, schlichen wir weiter durch den Wald.

Es dämmerte bereits, als wir am Meteoriten ankamen. Kurz zuckte ich vor Schreck zusammen, als ich beim Näherkommen eines der Lichtwesen am Eingang sah, doch es war Mia, wie ich an ihrem zarten rötlichen Schein erkennen konnte. Ich blieb voller Respekt einige Meter von ihr entfernt stehen. Els ging zu ihr und berührte ganz sanft Mias äußere Lichthülle. Ich bekam eine Gänsehaut, als ich diese zärtliche Begrüßungsgeste sah.

Els' Gesichtsausdruck war weich und liebevoll. Mutter und Tochter, am Schnittpunkt zweier Dimensionen. Sie waren zusammen, aber würden doch niemals wieder vereint sein.

Els löste sich schließlich von ihrer Tochter und öffnete den Meteoriten. Sie bedachte mich mit einem strengen, prüfenden Blick, den ich fest erwiderte, und ich nickte ihr zuversichtlich zu. Mit einem Ruck schob sich die Tür zur Seite und eröffnete mir die Sicht auf das dunkle Innere. Unwillkürlich musste ich schlucken, doch ich erlaubte mir nicht vorzustellen, was mich darin erwarten würde. Ich zwang mich zügig hinter Els einzutreten, die sich bereits gebückt und durch die schmale Öffnung ins Innere des Meteoriten geschoben hatte. Als ich zusammengekrümmt hinter Els in das Zentrum des hohlen Steins vordrang, schlug mir der bekannte abgestandene, muffige Geruch entgegen und meine Kehle verengte sich. Meine Atemfrequenz begann zu steigen und ich kämpfte gegen meine aufsteigende Panik an, als würde ich versuchen den Deckel auf einen Topf zu drücken, dessen Inhalt im Begriff war zu explodieren.

Els, die wieder eine Fackel entzündet hatte, sah mich scharf an. Das düstere Licht erhellte den kleinen Raum so, dass wir im Zwielicht den steinernen Behälter sehen konnten, in den ich in Kürze würde steigen müssen. Sie schob mit beiden Händen den Deckel vom Sarkophag.

Als sie sah, dass meine Hände unkontrolliert zu zittern begannen, eilte sie mit zwei großen Schritten neben mich. Sie ergriff meine Handgelenke.

»Danilo, hör mir jetzt zu«, wies sie mich an und zog mich mit einem festen Ruck zu sich hin, sodass mein Gesicht sich direkt vor ihrem befand und wir uns Aug in Aug gegenüberstanden.

Ihr Blick war eindringlich, aber liebevoll, als sie zu mir sagte: »Ich wusste zuerst nicht, wie tief die Angst in dir verwurzelt ist. Ich habe sie dann aber gespürt und jetzt weiß ich, dass sie gewaltig ist, zu enorm für einen einzelnen Menschen allein. Das ist kein Wunder, denn du wärst durch die Hand deines eigenen Vaters damals fast erstickt. Ich kann dir helfen deine Angst zu besiegen. Du musst nur einen kleinen Schritt auf mich zu machen. Den Rest machen wir dann zusammen, wir schaffen es gemeinsam, indem wir uns vereinen. Vertrau mir und vertrau auf die Stärke deiner Liebe. Denk daran, nur diesen einen Schritt. Für Claudia und eure Zukunft.« Sie ließ mein Handgelenk los und öffnete ihre Arme weit, sodass sich ihr dunkler Umhang vor mir auftat.

»Unitas in caritate«, rief sie und ausgehend von ihren Händen bildete sich ein leuchtender Kreis um sie.

Es war eine Einladung zur Umarmung an mich. Um ihre Körpermitte begann die Luft zu flirren und der dunkle

Stoff ihres Gewandes löste sich vor meinen Augen auf und verschwamm mit der Luft um uns herum. Nur ein Schritt trennte mich von dieser wogenden Gestalt, die am Übergang einer anderen Dimension auf mich wartete.

Tränen standen mir in den Augen und meine Knie drohten unter mir nachzugeben. ›Nur ein Schritt‹, hallten die Worte von Els in mir nach. ›Für Claudia und eure Zukunft.‹ Ja, ich wollte diesen einen Schritt machen. Ich würde es tun und wenn es die letzte Tat meines Lebens sein würde. Mit diesem bewussten Gedanken öffnete auch ich meine Arme und machte einen langen Schritt auf Els zu, die mich auffing und mich umschloss wie eine Mutter ihr Kind. In diesem Moment durchschritt ich die Grenze und mein Leben wurde mit dem Leben von Els vereint.

Sie lieh mir die Stärke, die ich nicht hatte und auch ihren Mut, um das Kommende zu überstehen. Wir stürzten gemeinsam rücklings in den geöffneten Steinsarg. Konserviert in unserer gemeinsamen Aura beobachtete ich gleichsam aus der Ferne, wie Els unsere Hände hob und den Deckel ober uns zuschob. Es wurde still um uns.

Die Reise zurück zur Erde nahm ich nur in verschwommenen Bildern wahr. Ich fühlte mich geborgen wie ein Embryo im Mutterleib, obwohl außerhalb unserer Blase eisige Kälte, brütende Hitze und andere lebensfeindliche Kräfte des Universums tobten. Alles, was ein Körper normalerweise zur Lebenserhaltung tun muss, wurde mir abgenommen. Es war wie ein kontrollierter Schwebezustand, der ganz abrupt zu Ende ging.

Wie bei einem plötzlichen Stoppen während voller Fahrt wurde ich aus einer Lichtblase herausgeschleudert und fiel unsanft bäuchlings auf steinernen Boden. Ich fuhr hoch und meine Atmung setzte wieder ein. Stoßweise und gierig saugte ich den Sauerstoff in mich auf, als wären dies meine ersten Atemzüge überhaupt.

Die Luft, die ich in meine Lungen pumpte, fühlte sich vertraut und richtig an. Sie war warm, trocken und ein wenig staubig. Genauso, wie sie sein sollte: die Atmosphäre einer mitteleuropäischen Großstadt im August. Ich war zurück in Wien.

Unter mir spürte ich harten Beton und die steinernen Hauswände, die rings um mich steil in die Höhe ragten wie Klippen, waren für mich der schönste Anblick überhaupt. Ich drehte mich um und reckte meine Glieder. Was für eine Freude, es hatte tatsächlich geklappt und ich war unversehrt nach Hause zurückgekommen. Als ich nach oben sah erfasste mich abermals eine Welle des Glücks. Ja, da war sie! Über mir am wolkenlosen Himmel stand die Sonne, die einen strahlenden Sommertag auf der Erde ermöglichte und obwohl ich heftig blinzeln musste, konnte ich nicht anders als hineinschauen. Doch eben diese Sonnenstrahlen bedeuteten das Ende für Els. Als ich mich umsah, erkannte ich neben mir sich zersetzende Fragmente von dunklem Stoff und weißem Haar, Erde und Staub, die vom Wind in alle Richtungen davongeblasen wurden. Es war so wie Els es vorausgesagt hatte: Die Atmosphäre der Erde, die das Leben selbst war, ließ sich nicht durch einen Zauber austricksen. Ihre Zeit war längst abgelaufen und die Natur holte sich nun das, was ihr gehörte.

Eine Minute lang beobachtete ich fassungslos die Böen, die die letzten Fasern meiner Hexenfreundin davontrugen. Sie hatte mich so selbstlos gerettet und nun war sie tot. Ich war aber überzeugt davon, dass sie sich ein Ende wie dieses gewünscht hatte: Noch ein letztes Mal hatten Mia und sie gemeinsam in die komplizierte Liebesgeschichte zweier Menschen eingegriffen und versucht diese gegen alle widrigen Umstände zusammenzubringen.

Das Klingeln eines Mobiltelefons riss mich aus meinen Gedanken. Es war mein Smartphone, das neben mir auf dem Boden lag. Ich begriff gerade, dass ich mich genau in dem Hauseingang befand, bei welchem ich am Tag meiner Hochzeit von den Lichtwesen abgeholt worden war.

Ich hob das Telefon auf wie einen zerbrechlichen Schatz. Auf dem Display stand: eingehender Anruf von Anton Iljin.

Mit zitternden Händen nahm ich den Anruf entgegen. »Anton, mein Freund, bist du das?«, rief ich mit tränenerstickter Stimme, die sich vor Freude überschlug.

»Danilo, wo bleibst du denn?«, fuhr Anton mich an. »In dreißig Minuten geht es los.«

»Was geht los?«, fragte ich und in mir keimte ein Fünkchen der unglaublichsten Hoffnung auf, die sich je ein Mann hatte machen dürfen.

»Bist du betrunken?«, zischte er ins Telefon mit einer gepressten Stimme, die klang, als würde er sich beherrschen müssen, um nicht zu schreien. »Natürlich deine Hochzeit, du Idiot. 120 Leute warten im Rathaus auf dich.«

»Anton, kannst du mich bitte abholen? Ich bin in der Bernardgasse 10«, sagte ich, ihm das Straßenschild auf der gegenüberliegenden Seite der kleinen Wiener Gasse vorlesend, in der ich in einem Hauseingang auf dem Boden saß. »Bitte stell jetzt keine Fragen, ich erkläre dir alles später.«

Ich konnte mein Glück kaum fassen. Es sah so aus, als hätte ich eine zweite Chance erhalten, um alles wieder gut zu machen. Mia und Els hatten mich zu dem Moment des Hochzeitsmorgens zurückgebracht. So, als hätte diese unselige Zeit bei den Hexen niemals stattgefunden. Obwohl, ganz spurlos war mein Ausflug natürlich nicht an mir vorüber gegangen. Das erkannte ich am Stoff meines verschmutzten und zerknautschten Anzugs. »Rühr dich nicht von der Stelle«, zischte Anton forsch ins Telefon und legte auf.

Nun probierte ich aufzustehen, meine Beine versagten mir beinahe den Dienst, so schwer fühlte sich mein Körper an. Ich stützte mich gegen die Hauswand und versuchte schwankend in die Senkrechte zu kommen. Mein Gleichgewichtssinn war außer Rand und Band. Es fühlte sich an, als würde ich auf einem schwankenden Boot bei hohem Seegang stehen. Breitbeinig und zittrig stand ich auf wackeligen Beinen und hielt mich unsicher am Handlauf des Treppenaufganges fest. Gleichzeitig war ich so unbeschreiblich glücklich wie niemals in meinem Leben zuvor und lachte Freudentränen. Ich lachte aus vollem Halse, sodass eine ältere Dame, die die kleine Gasse entlangschritt, erschrocken die Straßenseite wechselte, als sie mich sah. Dahinter kamen zwei Jugendliche, die ihr Handy zückten und mich beim Vorbeigehen grinsend filmten. Ich war so froh, dass ich mit einer Hand winkte, mit der anderen musste ich mich festhalten.

Kurz darauf hielt ein Auto mit quietschenden Reifen neben mir. Es war Anton, der heraussprang und zu mir lief. Als er mich sah klappte ihm der Mund auf.

»Danilo, wie siehst du aus?«, rief er schließlich erschrocken, als er das ganze Ausmaß meiner Verwüstung realisierte. »Dein Anzug ist ja komplett schmutzig und verdreckt! Und warum trägst du einen Bart? Dein Gesicht ist zerkratzt und, um Himmels willen, was ist mit deinem Hals? Bist du überfallen worden?«

»Ja, genau so war es!«, rief ich glücklich aus und versuchte ihn zu umarmen, was dieser energisch abwehrte. »Ich hab dich vermisst!«

»Bist du irre geworden? Wir müssen sofort zu deiner Hochzeit. Aber vorher müssen wir dich umziehen und rasieren! Ich ruf Nikolaj an.«, spulte Anton seine hektisch durcheinander springenden Gedanken ab wie ein Trommelsolo am Schützenfest.

Ich sah ihm glücklich zu, wie er fieberhaft mit Nikolaj telefonierte. Ja, jetzt mussten wir uns beeilen, denn ich würde heiraten! Und ich wollte heiraten!

»Noch zwanzig Minuten«, hörte ich Anton ins Telefon brüllen. »Lass dir was einfallen, du musst sie aufhalten!«

Rasch half mir Anton in sein Auto und wir rasten zu meiner Wohnung. In größter Eile suchten wir andere Bekleidung für mich zusammen, die dem heutigen Anlass gerecht wurde. Glücklicherweise hatte ich beruflich bedingt eine gute Auswahl im Kleiderschrank.

»Was hast du nur gemacht«, schimpfte Anton leise vor sich hin, zuckte jedoch zusammen, als er sich meinen Hals genauer ansah. »Wir brauchen einen sehr hohen Hemdkragen!« Dann machte er sich auf die Suche und kam mit einem Hemd mit maximal gestärktem, sehr hohen Kragen zurück.

»Und wie du riechst, wie eine vermoderte Sumpfleiche«, stellte er an mir schnuppernd fest. »Komm, Zeit für eine Dusche muss noch sein, mein Freund. Zieh dich aus, rasch!.«

Er schob mich unter den Duschstrahl. Ich ließ alles selig lächelnd über mich ergehen. Das Wasser belebte mich und spülte die Benommenheit von meinen tauben Gliedern. »Jetzt noch rasch deinen Bart«, sagte er, nachdem ich Hemd und Hose angezogen hatte.

Er setzte mich auf einen Stuhl und verpasste mir eine Zwei-Minuten-Rasur. »Hoffentlich findet Claudia einen Bartschatten sexy«. Damit befand er meine Gesichtsbehandlung für beendet und half mir noch Socken und Schuhe anzuziehen.

»Zum Schluss noch die Frisur«, seufzte er, schmierte mir eine große Portion Pomade auf meinen Kopf und pappte mein Haar straff nach hinten.

»Gut siehst du aus«, sagte er und betrachtete mich endlich voller Stolz.

Ich fand, dass ich den Umständen entsprechend gut aussah, wie eine Mischung aus James Dean und Gomez Addams von der *Addams Family*, und war begeistert.

»Ich danke dir, Anton«, sagte ich und hatte mich so weit stabilisiert, dass ich selbstständig stehen und ein paar sichere Schritte gehen konnte.

»Gern geschehen, Danilo. Und ich bin schon sehr neugierig auf deine Erklärungen, denn die schuldest du mir, mein Freund. Aber jetzt müssen wir los.«

Er grinste und boxte mir gegen die Schulter, ehe er mich in den Arm nahm und meinen Kopf gegen seine Schulter drückte.

»Komm, gehen wir«, schob er mich nach wenigen Sekunden gerührt von sich und zog mich hinter sich zur Tür hinaus.

»Noch drei Minuten, los!«, rief Anton, nachdem er sein Auto im absoluten Halteverbot direkt neben dem Eingang zum Wiener Rathaus geparkt hatte.

Wir liefen, so schnell es ging, zum Eingang des großen Festsaales. Kurz davor hielten wir an und schnappten nach Luft. Der Standesbeamte erwartete mich bereits ungeduldig und schaute schief lächelnd auf die Uhr, als er uns sah.

Drinnen waren schon alle Plätze besetzt und ein erleichtertes Raunen ging durch die Menge, als wir endlich auftauchten. Etliche Augenpaare ruhten neugierig auf Anton und mir. Es war schon sehr ungewöhnlich, dass der Bräutigam so spät erschien, denn jeden Moment würde die Braut kommen.

Unsere Trauzeugen Nikolaj und eine Cousine von Claudia standen schon am Pult des Standesbeamten.

Wegen der vorangegangenen Hast spürte ich erst jetzt die Aufregung, die sich in Form eines freudigen Kribbelns in meiner Magengegend bemerkbar machte. Die Schmetterlinge in meinem Bauch waren wieder erwacht und flogen in Herzformation. Ich war so dankbar für diesen Tag, an dem nach meiner Neugeburt nun auch meine Hochzeit stattfinden würde. Und wie sehr ich mich auf die Zukunft freute! Jeden Morgen, an dem ich künftig neben Claudia erwachen durfte, würde ich wie einen Festtag begehen.

Die Atmosphäre des Saales war von Harfenklängen erfüllt und ich konnte förmlich fühlen, dass hier etwas Einzigartiges passierte. Voller Stolz hob ich meine Schultern und richtete mich zu meiner ganzen Größe auf.

Ich folgte dem Standesbeamten den blumengeschmückten Gang nach vorne und war ergriffen, als ich gute Freunde, liebe Bekannte und Familienmitglieder in den Reihen sitzen sah. Sie alle waren gekommen, um uns für unsere gemeinsame Zukunft Glück zu wünschen. Ich blickte in gerührte Gesichter und erwiderte da und dort ein von Herzen kommendes Lächeln.

Sogar meine Schwiegermutter Elena bedachte ich mit einem Augenzwinkern, worauf sich ihre Mundwinkel von einem senkrechten Strich um wenige Millimeter unmerklich nach oben bogen, da war ich mir ganz sicher.

Als ich vorne ankam, musste ich ganz kurz das Protokoll der Hochzeitszeremonie verlassen. Ich freute mich so sehr meinen Bruder Nikolaj zu sehen, dass ich zu ihm ging und ihn fest umarmte.

Dann setzte die erhabene Musik ein. Jetzt erst bemerkte ich das Streichquartett rechts hinter dem Standesbeamten. Es waren Musiker des Wiener Sinfonieorchesters, die für den Einzug der Braut das Stück *Air* von Johann Sebastian Bach spielten und mir damit vor Rührung eine Gänsehaut bescherten.

Nun schwebten vier kleine Mädchen in blütenweißen Kleidern wie märchenhafte Elfen den roten Teppich entlang und verstreuten andächtig Rosenblätter. Und dann war endlich der Moment da, den ich so herbeigesehnt hatte.

Die Braut betrat am Arm ihres vor Stolz platzenden Vaters den Raum und alle Blicke richteten sich auf sie. Mein

Herz machte einen Satz und ich spürte, wie es bei Claudias Erscheinen den Takt wiederfand, der in meiner dunkelsten Stunde verloren gegangen war. Er trieb meinen Puls an und verlieh mir meinen Elan.

Der Klang der Violinen erfüllte den Saal dreistimmig wie ein Engelschor, leicht aber doch feierlich und getragen, in anrührender Harmonie mit dem tiefen Timbre des Violoncellos. Die Lichtwesen wären entzückt gewesen. Die erste Reihe der Gäste hinter mir tupfte sich unauffällig die Augen und Elenas zerrinnendes Makeup hinterließ graue Spuren auf ihren Wangen wie Skifahrer am Tiefschneehang.

Claudia trug ein schlichtes cremeweißes Brautkleid, ärmellos und mit einer spitzenbesetzten Schleppe. Braunes Haar umspielte locker ihre Schultern und war auf den Seiten zu einem mädchenhaften Knoten nach hinten geflochten. Der Blick auf Claudias feines Gesicht war frei und ihre dunkelblauen Augen strahlten nur mich an, als sie den Gang entlang schritt.

Dieses Bild war das Schönste, das ich mir vorstellen konnte und bedeutete mir die ganze Welt. Der Takt meines Herzens beschleunigte sich und befeuerte die Wärme in meinem Innersten. Sie schenkte mir ihr unglaubliches Lächeln, das mich bereits am Tag unseres ersten Kennenlernens verzaubert hatte. Ich lächelte zurück und unsere Blicke verfingen sich ineinander.

In den aufreibenden Tagen, die hinter mir lagen, hatte ich so sehr auf diesen Moment gewartet.

Als sie bei mir ankamen und Heinrich mir symbolisch ihre Hand überreichte, musste ich das Protokoll der Zeremonie ein weiteres Mal abändern. Andächtig bettete ich ihre Hand in meine wie eine zerbrechliche Kostbarkeit. Ich beugte mich zu ihr und flüsterte: »Ich habe dich so sehr vermisst!«

Sie lächelte mich überrascht an und wisperte: »Es war doch nur ein Tag. Und du warst spät dran, Mutter dachte schon, du kommst nicht.« Dabei zwinkerte sie mir so unbeschreiblich süß zu, dass ich sie am liebsten auf der Stelle geküsst hätte.

Der Standesbeamte breitete seinen Wälzer vor sich aus und lächelte geduldig, als ich mich ein weiteres Mal zu Claudia beugte und ihr zuraunte: »Ich liebe dich.« Darauf bedachte sie mich mit einem zärtlichen Blick, in dem ich dasselbe lesen konnte.

Ich dankte dem Universum aus tiefster Seele, dass es mir ermöglicht hatte, die Lasten der Vergangenheit loszuwerden, und ich jetzt mit ganzem Herzen »Ja« zu dieser wunderbaren Frau sagen konnte. Ich würde sie bis an mein Lebensende lieben und, wer weiß, vielleicht noch darüber hinaus.

Als Claudia am Abend nach unserer Hochzeitsfeier die Kratzer an meinem Körper und die Würgemale an meinem Hals sah, war sie geschockt. Die Frage, woher diese Striemen stammten, stand verständlicherweise zwischen uns. Außerdem kursierte das Handyvideo unter dem Hashtag »OrlowAmHochzeitsmorgen« im Netz, das in der kleinen Gasse gemacht worden war, kurz bevor Anton mich abgeholt hatte.

Ich zögerte damit, Claudia die glaubhafte Lüge zu erzählen, dass ich mit Nikolaj durchgefeiert hätte und dann in eine Schlägerei geraten wäre. Sie wäre zwar alles andere als begeistert, aber sie hätte es augenzwinkernd als einmaligen Ausrutscher akzeptiert und mich danach damit aufgezogen.

Doch ich brachte diese Geschichte nicht über meine Lippen, ich wollte unser gemeinsames Leben nicht mit einer Unwahrheit beginnen. Andererseits schaffte ich es aber auch nicht, ihr zu erzählen, was wirklich geschehen war. Würde sie denn meiner irrsinnigen Geschichte Glauben schenken? Ich war skeptisch und schwieg deshalb erstmal. Bald zweifelte ich selbst an meinem Verstand, vielleicht waren meine Erinnerungen an die Geschehnisse auf dem Planeten der Hexen doch nur meiner gestressten Fantasie entsprungen?

Ich quälte mich ein paar Tage lang und grübelte, was ich am besten machen sollte, bis ich mir ein Herz fasste und mit Claudia einen Internisten aufsuchte. Die Untersuchung zeigte: Ja, in meinem Körper befanden sich zwei Nieren, die einwandfrei ihren Dienst taten. Auch die

Transplantationsnarbe war verschwunden, die bis vor dem Hochzeitstag noch deutlich sichtbar meine Seite verunziert hatte. An deren Stelle sah man nun makellose, unversehrte Haut. Ich war vollständig intakt und gesund, es gab keinerlei Anzeichen eines Eingriffes.

»Alles wunderbar und in Ordnung«, sagte der Internist, der sich wunderte, warum ich einen Ultraschall meiner perfekten Nieren haben wollte.

»Wie kann das nur sein?«, fragte Claudia, als wir wieder alleine waren. Sie drängte darauf, dass wir zurück in unsere Wohnung gingen. Zu Hause setzte sie sich neben mich auf das Bett, umfasste mein Gesicht und sah mir tief in die Augen. Dann gab sie mir einen ganz sanften Kuss, in dem ich bedingungslose Liebe und Vertrauen spürte und der mich davon überzeugte, ihr alles zu offenbaren. Eng umschlungen erzählte ich ihr daraufhin im Dunkeln unseres Schlafzimmers die halbe Nacht hindurch von meiner Odyssee.

Ich begann mit den Ereignissen am Morgen der Hochzeit, als ich vor Elena floh, über das Erscheinen des Lichtwesens in der kleinen Gasse und meinem Erwachen auf dem Planeten irgendwo im Universum. Dann berichtete ich ihr von Michael, Susanna, Marc, Christine und Tom, vom Sturz aus dem Baum und von den unsterblichen Hexen, deren einzige Freude nunmehr die Magie der Musik war. Und natürlich sprach ich über Els, über mein wiedergewonnenes Wissen von den schrecklichen Umständen der Reise nach New York und über meine abenteuerliche Flucht zurück auf die Erde.

Claudia hörte sich schweigend alles bis zum Ende an. »Danilo diese Geschichte ist … unglaublich«, sagte sie schließlich. Dann erhob sie sich aus dem Bett und holte ihren Laptop. »Weißt du was? Lass uns nach dem Mann suchen, der die Liebeslieder für die Hexen gesungen hat.«

Ich konnte ihre Skepsis nur zu gut verstehen und freute mich über Claudias smarten Einfall. Ich war mindestens genauso gespannt, ob wir etwas über Michael herausfinden würden.

Mit dem Rücken an die Wand gelehnt und meiner Schulter an ihrer sah ich ihr zu, wie sie die Wörter »King Michael« und »Memphis« in die Suchmaschine des Internetbrowsers tippte. Auf den Bildern, die die Recherche lieferte, erkannte ich Michael sofort und wir blätterten fassungslos durch die Ergebnisseiten, die über Michaels Leben als beliebter Elvis-Imitator, aber auch als notorischer Betrüger und Kleinkriminelle in Memphis Auskunft gaben.

Er war vor 15 Jahren in seiner Heimatstadt Memphis gestorben, als er auf der Flucht vor der Polizei angeschossen wurde.

Claudia ließ den Laptop neben sich auf den Boden gleiten. Wir umarmten uns fest, schmiegten uns im Bett aneinander und sie streichelte sanft über meinen Kopf. »Armer Schatz, was hast du durchmachen müssen!«, flüsterte sie. »Ich bin so unendlich froh, dass du zu mir zurückgekehrt bist!«

Epilog

Mit der Hilfe eines Psychologen, allerdings nicht Norberts, besiegte ich schließlich auch die letzten Reste meiner Flugangst und eine meiner ersten Reisen führte mich gemeinsam mit meinem Bruder nach Finnland.

In den Stunden, in denen ich im Meteoriten eingeschlossen gewesen war, hatte ich mir so sehr gewünscht meine Mutter wiederzusehen und nun sollte das erste Treffen stattfinden. Nach dem Flug und der Landung in Helsinki, die ich gut überstanden hatte, betraten wir die Ankunftshalle und sahen uns am vereinbarten Treffpunkt suchend um.

Da näherte sich eine Frau mit kinnlangem dunkelgrauem Haar und sah uns verstohlen an. Dreißig Jahre hatten sie äußerlich natürlich stark verändert, aber der Blick der eigenen Mutter bleibt doch unverwechselbar und ich erkannte sie sofort. Obwohl Nikolaj und ich uns so stark ähnelten, stellte sie sofort fest, welcher der beiden vor ihr stehenden Söhne ich war, und trat zögernd auf mich zu.

Ich lächelte sie an und schloss sie fest in meine Arme. Erst drückten wir uns lange und danach betrachteten wir uns eingehend. Meiner Mutter standen Freudentränen in den Augen, immer wieder berührte sie meine Schultern und meine Wangen, um sich zu vergewissern, dass ich tatsächlich in Fleisch und Blut vor ihr stand. Auch ich hatte vor Rührung einen Kloß im Hals und die Erinnerungen an die Zeit in meinen Jugendjahren, in der ich sie so schmerzlich vermisst habe, kamen mit einem Schlag hoch.

Wir fuhren zu ihr nach Hause und hatten das ganze Wochenende um uns zu unterhalten. Die innigen Gespräche mit ihr verwandelten die Tonart meiner Vergangenheit von einem melancholischen Moll zu einem hoffnungsvollen Dur und erlaubten mir meine weitere Zukunft befreit von den alten Bürden der Vergangenheit zu gestalten. Es war ein gelungener Neuanfang zwischen Mama und mir.

Was Freude und Glück betraf gab es dann zwei Jahre später noch einen weiteren Tag in Claudias und meinem Leben, der mit den Schönsten mithalten konnte. Eigentlich war es ja sogar Liebe vor dem ersten Blick, als Claudia mir mitteilte, dass sie schwanger war. Eine Welle von Vorfreude und Emotionen überflutete mich.

Unsere Tochter wurde an einem Sonntag im Mai geboren und wir gaben ihr den Namen »Elsa«. Als ich sie das erste Mal in meinen Armen hielt war ich ihr vom ersten Augenblick an hoffnungslos verfallen, genauso wie seinerzeit ihrer Mutter. Ich zog unser Baby eng an mich und küsste es auf die Stirn. Claudia lächelte mich an und ich drückte ihre Hand. Alles fühlte sich richtig und gut an.

Nachwort und Dank

Liebe Leserinnen und Leser,

ich danke euch, dass Ihr meinen ersten Roman gelesen habt und ich hoffe, dass euch die fantastische Liebesgeschichte zwischen Danilo und Claudia Spaß gemacht hat.

Über eine Rezension oder eine Bewertung würde ich mich ungemein freuen, oder auch über einen Besuch oder eine Nachricht auf Instagram (maggie_uhmann_autorin), Facebook (Maggie Uhmann) oder via E-Mail (maggie@uhmann.at).

Weiters möchte ich mich bei meiner Familie für die moralische Unterstützung bedanken. Insbesondere bei meinen Eltern Roland und Gertrude, die über 50 Jahre miteinander verheiratet und immer noch ein Herz und eine Seele sind, zumindest in 99,99% der Zeit. Und die auch in den schwierigen Zeiten, wie es das vergangene Jahr 2020 war, immer ihren Humor bewahrten und sich liebevoll umeinander kümmerten. Es gibt keine bessere Inspiration und Vorlage für einen Liebesroman als euch beide!

Vielen lieben Dank auch an meine Lektorin Katharina Strzoda, die wichtige Inputs gegeben hat die weit über das Lektorieren hinausgegangen sind.

Während des Schreibens gab es schwierigere Phasen und sehr produktive, in denen die Ideen nur so sprudelten. Oft kamen sie so zahlreich, dass mein Arbeitsplatz mittlerweile über und über mit Notizzetteln und Nachrichten an mich selbst vollgeklebt ist. Also, es ist ausreichend Stoff für die nächsten Geschichten vorhanden und ich hoffe Ihr seid wieder dabei!

Eure Maggie Uhmann im Jänner 2021